DYDDIADUR

Dripsyn

HAF BRAF

gan Jeff Kinney

addasiad Owain Siôn

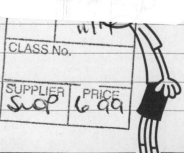

Dyddiadur Dripsyn 4: Haf Braf

ISBN 978-1-84967-184-2

Cyhoeddwyd gan Rily Publications Ltd
Blwch SB 20
Hengoed, CF82 7YR

Addasiad Cymraeg gan Owain Siôn
Hawlfraint yr addasiad © Rily Publications Ltd, 2014

Hawlfraint y testun a darluniau: © 2009 Wimpy Kid, Inc.
Mae DIARY OF A WIMPY KID®, WIMPY KID™, a'r cynllun Greg Heffley™
yn nodau masnachu o eiddo Wimpy Kid Inc. Cedwir pob hawl.

Cyhoeddwyd yn wreiddiol yn Saesneg yn 2009 o dan y teitl
Diary of a Wimpy Kid: Dog Days gan Amulet Books,
a'r gwasgnod Harry N. Abrams, Inc., Efrog Newydd
(Cedwir pob hawl ym mhob gwlad gan Harry N. Abrams, Inc.)

Cynllun llyfr gan Jeff Kinney
Cynllun clawr gan Chad W. Beckerman a Jeff Kinney

Argraffwyd a rhwymwyd ym Mhrydain
gan CPI Cox & Wyman Ltd, Reading, Berkshire, RG1 8EX

Cyhoeddwyd gyda chymorth ariannol Cyngor Llyfrau Cymru.

RILY
www.rily.co.uk

I JONATHAN

MIS MEHEFIN

Dydd Gwener

Cyfnod o deimlo'n euog ydy gwylia'r ha' i mi.

Oherwydd y tywydd braf, mae disgwyl i bawb fod allan yn "neidio a phrancio" ac ati. Ac os nad wyt ti'n treulio pob eiliad sbâr yn yr awyr iach mae pobl yn meddwl dy fod ti'n rhyfedd. Ond y gwir ydy, mae'n llawer gwell gen i fod YN y tŷ.

Dwi wrth fy modd yn treulio gwylia'r ha' o flaen y teledu, yn chwarae gêmau fideo gyda'r llenni ar gau a'r golau wedi'i ddiffodd.

Yn anffodus, mae syniad Mam o wylia perffaith yn wahanol iawn i fun i.

Dydy hi ddim yn "naturiol" i hogyn fod yn y tŷ pan mae hi'n haul poeth tu allan, yn ôl Mam. Mi wnes i esbonio mai trio gwarchod fy nghroen ydw i rhag i mi gael crychau pan fydda i'n hŷn, fel sy ganddi hi, ond dydy hi'n gwrando dim.

Mae Mam yn swnian bob munud arna i i fynd i wneud rhwbath y tu allan, fel mynd i'r pwll nofio. Mi wnes i dreulio dechra'r ha' ym mhwll nofio Roli, ond mi aeth petha o chwith.

Mae teulu Roli yn aelodau o glwb hamdden,
ac ar ddechra'r gwylia roeddan ni'n mynd yno bob
diwrnod, cyn i ni wneud clamp o gamgymeriad
drwy wahodd merch o'r enw Tanwen i ddod efo ni.

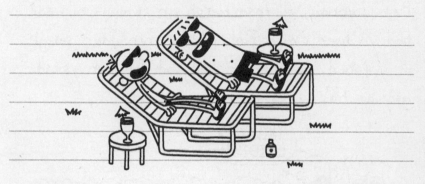

Newydd symud i fyw i'n stryd ni mae hi. Bod yn
gwrtais roeddan ni drwy ddangos bywyd moethus y
clwb hamdden iddi. Ond ar ôl tua phum eiliad wrth y
pwll roedd hi wedi cwrdd ag achubwr bywyd ac wedi
anghofio'r cwbl amdanon ni.

3

Dyna fi wedi dysgu bod rhai pobl yn barod iawn i gymryd mantais er mwyn cael mynediad i glwb hamdden.

Beth bynnag, mi fasa merch o'n cwmpas ni wedi bod yn boen i mi a Roli. Rydan ni'n dau'n sengl ar y funud, ac mae hi'n well bod felly yn ystod gwylia'r ha'.

'Chydig ddyddia 'nôl mi sylwais i fod safon y gwasanaeth yn y clwb hamdden ddim cystal ag arfer. Weithia roedd y sawna fymryn yn rhy boeth, ac unwaith mi anghofiodd gweinydd bar y pwll roi ymbarél bach yn fy niod i.

Mi es i at Dad Roli i gwyno. Ond am ryw reswm wnaeth Mr Jefferson ddim cario'r neges at reolwr y clwb.

Ac mae hynny'n rhyfedd. Taswn i'n talu tâl aelodaeth i'r clwb, mi faswn i isio gwneud yn siŵr 'mod i'n cael gwerth fy mhres.

Beth bynnag, ar ôl hynny daeth Roli ata i a deud ei fod o ddim yn cael fy ngwahodd i i'r clwb hamdden eto. Mae hynny'n iawn gen I. Mae'n llawer gwell gen i fod mewn tŷ oer, lle does dim rhaid i mi wneud yn siŵr nad oes gwenyn yn nofio yn fy niod cyn cymryd llowc.

Dydd Sadwrn

Fel dudis i, mae Mam yn trio 'nghael i i fynd i'r pwll nofio efo hi a Mani, fy mrawd bach. Ond yn anffodus, aeloda o bwll y DRE ydy 'nheulu i, nid o'r clwb hamdden. Ac unwaith dach chi wedi profi bywyd y clwb hamdden, mae'n anodd iawn cymysgu efo'r bobl gyffredin ym mhwll nofio'r dre.

Ac ar ben hynny, mi wnes i addo i fy hun llynedd na faswn i'n mynd 'nôl i'r lle 'na byth eto. Ym mhwll nofio'r dre mae'n rhaid i ti fynd drwy stafell y cawodydd er mwyn cyrraedd y pwll ei hun, a dyna lle mae dynion yn eu hoed a'u hamser yn molchi'n noeth o flaen pawb.

Y tro cynta i mi gerdded drwy stafell cawodydd y dynion ym mhwll nofio'r dre, bu bron i mi gael haint!

Dwi'n lwcus nad es i'n ddall. Wir, dwi ddim yn dallt pam mae Mam a Dad yn trio fy rhwystro i rhag gwylio ffilmiau arswyd os ydyn nhw'n fodlon i mi weld petha sy filgwaith gwaeth.

Mi fasa'n dda gen i tasa Mam yn rhoi'r gora i'w swnian am fynd i bwll nofio'r dre, achos bob tro mae hi'n gwneud, dwi'n cael hunllefa am betha dwi wedi bod yn trio'u hanghofio.

Dydd Sul

Wel, dwi'n BENDANT isio aros yn y tŷ am weddill gwylia'r ha'. Mi drefnodd Mam "bwyllgor brys" neithiwr er mwyn deud wrthon ni i gyd fod pres yn brin eleni ac na allwn ni fforddio mynd i lan y môr. Mae hynny'n golygu dim gwylia i'r teulu.

Mae hynny'n GWBL annheg. Ro'n i WIR yn edrych 'mlaen at gael mynd i'r traeth yn ystod y gwylia. Ddim 'mod i'n hoffi'r môr a'r tywod, cofia di. Dwi wedi sylweddoli ers hydoedd fod holl bysgod, crwbanod a morfilod y byd yn gwneud eu busnes yn y môr. Pam mai dim ond fi sy'n poeni am hynny?

Mae Rodric, fy mrawd mawr, yn hoffi tynnu 'nghoes i gan ei fod o'n meddwl bod gen i ofn y tonnau. Ond, nid dyna be sy'n bod.

Beth bynnag, ro'n i wir yn edrych 'mlaen am gael mynd i'r traeth oherwydd 'mod i, o'r diwedd, yn ddigon tal i gael mynd ar y Pendonciwr – reid ffair anhygoel sydd wrth y pier. Mae Rodric wedi bod ar y Pendonciwr o leiaf gant o weithia, ac yn deud nad wyt ti'n ddyn nes dy fod ti wedi bod arno.

Mi ddudodd Mam, os y gwnawn ni "gynilo'n ceiniogau" falla y gallwn ni fynd i lan y môr y flwyddyn nesa. Yna esboniodd y cawn ni lot o hwyl eleni yn gwneud petha fel teulu ac y byddwn ni, ryw ddiwrnod, yn edrych 'nôl ar y gwylia yma fel "yr ha' gora erioed".

Wel, dim ond dau beth sy gen i i edrych 'mlaen atyn nhw yr ha' 'ma. Fy mhen-blwydd i ydy un, a'r llall ydy darllen cartŵn "Ciwti Fach" yn y papur newydd. Falla 'mod i heb sôn am "Ciwti Fach" o'r blaen, ond dyma'r comic gwaetha erioed. Dyma enghraifft i ti.

Dadi, ai chwys Duw ydy glaw?

Ond y peth gwaetha ydy hyn: er 'mod i'n casáu "Ciwti Fach" fedra i ddim peidio â'i ddarllen o, fedr Dad ddim chwaith. Mae'n rhaid ein bod ni'n dau'n mwynhau gweld pa mor wael ydy o.

> SBIWCH AR Y SOTHACH YMA!
>
> GAD I MI WELD.

Mae "Ciwti Fach" wedi bodoli ers tua thri deg mlynedd, ac mae'n cael ei sgwennu gan ddyn o'r enw Bob Post. Dwi wedi clywed bod Ciwti Fach wedi cael ei seilio ar fab Bob pan oedd o'n hogyn bach.

> TASWN I'N BWYTA'F FFA GWYWDD YMA, FASA'I WIENI FO'N DWIST?
>
> CA-TSHING!

Ond gan fod y Cwiti Fach go iawn wedi tyfu erbyn hyn, mae'n rhaid bod ei dad o'n cael trafferth meddwl am ddeunydd newydd.

'Chydig wythnosa yn ôl mi gyhoeddodd y papur newydd fod Bob Post ar fin ymddeol ac y bydd y "Ciwti Fach" ola un yn cael ei gyhoeddi ym mis Awst. Byth ers hynny, dwi a Dad wedi bod yn cyfri'r dyddia tan y cartŵn olaf.

Pan fydd y "Ciwti Fach" olaf yn cael ei gyhoeddi, dwi a Dad am gael parti, achos mae angen dathlu achlysur fel hwn mewn steil.

<u>Dydd Llun</u>

Er 'mod i a Dad yn dallt ein gilydd i'r dim ynghylch "Ciwti Fach", mae 'na nifer o betha eraill rydan ni'n anghytuno'n llwyr ynglŷn â nhw. Y pwnc llosg ar hyn o bryd ydy f'amserlen gysgu i. Yn ystod yr ha' dwi wrth fy modd yn aros ar fy nhraed, yn gwylio'r teledu neu'n chwarae gêmau fideo ac yna'n cysgu tan amser cinio. Ond mae Dad yn bigog os ydw i'n dal yn fy ngwely pan fydd o'n dod adra o'r gwaith.

Yn ddiweddar, mae Dad wedi bod yn fy ffonio i am hanner dydd i wneud yn siŵr 'mod i wedi codi. Felly dwi'n defnyddio fy llais mwya effro wrth ateb.

Mae Dad yn genfigennus am ei fod o'n gorfod mynd i'r gwaith tra bod y gweddill ohonon ni'n cael diogi bob dydd.

Ond os ydy o'n mynnu bod fel draenog ynghylch y peth, y cwbl sy'n rhaid iddo fo'i wneud ydy mynd yn athro neu'n yrrwr-cliriwr-eira, neu ddilyn unrhyw yrfa arall lle gall o fod ar ei wylia drwy'r ha'.

Dydy Mam ddim yn gwneud lles i dymer Dad chwaith. Mae hi'n ei ffonio yn ei waith tua phum gwaith y dydd i roi adroddiad iddo am bopeth sy'n digwydd adra.

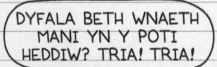

DYFALA BETH WNAETH MANI YN Y POTI HEDDIW? TRIA! TRIA!

Dydd Mawrth

Mi brynodd Dad gamera i Mam yn bresant Sul y Mamau, ac mae hi'n tynnu lot o lunia y dyddia 'ma. Dw i'n meddwl mai teimlo'n euog mae hi am beidio ag ychwanegu digon i albym llunia'r teulu ar hyd y blynyddoedd.

Pan oedd Rodric, fy mrawd mawr i, yn fabi, roedd hi'n tynnu digon o lunia.

Y tro cynta i Rodric flasu pys

Yr ail dro i Rodric flasu pys

Camau cynta Rodric

O, bechod!

Ar ôl i fi gyrraedd y byd, mae'n rhaid bod Mam yn ofnadwy o brysur, oherwydd mae 'na lawer iawn o fylchau mewn sawl albym ers hynny.

Croeso i'r byd, Greg

Dod â Greg adra
o'r ysbyty

Parti pen-blwydd
Greg yn 6

Greg yn mynd i'r ysgol
uwchradd

Ond dydy lluniau ddim yn adrodd y stori i gyd, chwaith. Llynedd, pan oeddan ni ar lan y môr, mi brynodd Mam bentwr o gregyn ffansi mewn siop, ac wedyn dyma hi'n eu claddu nhw yn y tywod er mwyn i Mani eu "darganfod" nhw.

Mi fasa'n well gen i fod heb weld hynna, achos wedyn mi gofiais lun ohona i'n fach ar y traeth.

Greg — casglwr cregyn gora'n y byd!

Heddiw mi ddudodd Mam 'mod i'n edrych yn flêr, a'i bod hi'n mynd â fi i gael torri 'ngwallt.

Ond faswn i byth wedi cytuno i gael torri 'ngwallt taswn i'n gwybod mai i Salon Pyrmiau Piws roedd Mam am fynd â fi. Dyna lle mae Mam a Nain yn cael gwneud eu gwalltia NHW.

Mae'n rhaid i fi gyfaddef, doedd bod yn y salon ddim yn ddrwg i gyd. Yn gynta, mae ganddyn nhw sawl set deledu yno er mwyn i ti allu gwylio rhaglen wrth ddisgwyl cael torri dy wallt.

Yn ail, mae ganddyn nhw nifer o gylchgronau tabloid, fel y rhai sydd ar y silff mewn archfarchnad. Maen nhw'n llawn celwyddau, yn ôl Mam, ond dw i'n tueddu i anghytuno - mae 'na betha diddorol ynddyn nhw.

Mae Nain yn prynu'r cylchgronau 'ma byth a beunydd, er nad ydy Mam yn cytuno. 'Chydig wythnosa 'nôl doedd Nain ddim yn ateb ei ffôn ac roedd Mam yn poeni cymaint mi yrrodd hi draw i dŷ Nain i weld a oedd hi'n iawn. Mi oedd hi, wrth gwrs, ond doedd hi ddim yn ateb ei ffôn oherwydd rhwbath roedd hi wedi'i ddarllen.

MAE FFONAU DI-WIFR YN DILEU COF HEN BOBL.

Ond pan ofynnodd Mam i Nain lle roedd hi wedi clywed hynny, meddai Nain –

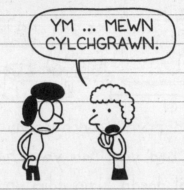

> YM ... MEWN CYLCHGRAWN.

Mae ci Nain, Henri, wedi marw'n ddiweddar, a byth ers hynny mae gan Nain fwy o amser sbâr. Felly mae Mam yn gorfod delio efo materion fel y ffôn ddi-wifr yn aml y dyddia 'ma.

Pan mae Mam yn dod o hyd i gylchgronau yn nhŷ Nain, mae hi'n dod â nhw adra efo hi a'u taflu nhw i'r bin. Wythnos dwytha, mi lwyddais i achub un o'r bin a mynd ag o i fy stafell wely i'w ddarllen.

Dwi'n falch iawn 'mod i wedi gwneud. Wyddost ti y bydd gorllewin Cymru i gyd o dan ddŵr ymhen chwe mis? O leiaf does 'na ddim pwysau arna i i wneud yn dda yn yr ysgol rŵan.

Mi fues i'n disgwyl yn hir yn y salon, ond doedd
hynny ddim yn fy mhoeni i. Mi ges i ddarllen fy
sêr ac edrych ar luniau o sêr ffilmia heb golur,
ac roedd hynny'n ddiddorol.

Pan ges i dorri 'ngwallt, mi ddois i ar draws y
peth gora oll am y salon – y CLECS. Mae'r
merched sy'n gweithio yna'n gwybod hynt a helynt
pawb yn y dre.

Yn anffodus, mi ddaeth Mam i fy nôl i pan o'n i
ar ganol stori am Mr Pepper a'i wraig newydd,
sy'n ugain mlynedd yn iau nag o.

Gobeithio bydd fy ngwallt in tyfu'n go sydyn er
mwyn i mi allu mynd yn ôl i glywed diwedd y stori.

Dydd Gwener
Dwi'n meddwl bod Mam yn dechra difaru mynd â
fi i gael torri 'ngwallt y diwrnod o'r blaen. Mi ges
i wbod bob dim am operâu sebon yno, a rŵan dwi'n
eu gwylio nhw i gyd.

Ddoe ro'n i ar ganol gwylio un o'r rhaglenni
ac mi ddaeth Mam ata i mynnu 'mod i'n diffodd
y teledu a dod o hyd i rwbath gwell i'w wneud.
Does 'na'm pwynt dadlau efo hi, felly mi
ffoniais i Roli i'w wahodd o i'r tŷ.

Ar ôl i Roli gyrraedd, aethon ni'n syth i stafell Rodric. Mae Rodric ar daith efo'i grŵp, Clwt Budur, a phob tro mae o ar daith dwi'n mynd drwy ei betha fo er mwyn gweld a alla i ddod o hyd i rwbath diddorol.

Y peth gora y dois i o hyd iddo fo yn nrôr 'nialwch Rodric y tro hwn oedd mwclis llunia roedd o wedi'i brynu ar lan y môr rywdro.

Pan edrychais i mewn i'r mwclis, mi welais lun o
Rodric efo rhyw hogan.

Does gen i'm clem sut cafodd Rodric afael ar y
llun 'na, achos dwi wedi bod efo fo ar bob gwylia
teulu i lan y môr, a taswn i wedi'i weld o efo
HONNA mi faswn i'n siŵr o'i chofio hi.

Pan ddangosais i'r llun i Roli, roedd yn rhaid i fi ddal
fy ngafael yn y mwclis achos roedd Roli'n dechra
glafoerio.

Mi dyrchon ni'n ddyfnach i'r drôr ac mi ddaethon ni o hyd i ffilm arswyd reit yn y gwaelod. Dyna lwcus! Doedd 'run ohonon ni wedi gwylio ffilm arswyd o'r blaen, felly roedd darganfod hon fel dod o hyd i drysor.

Mi ofynnais i Mam a oedd hi'n iawn i Roli aros dros nos ac mi gytunodd hi. Mi wnes i'n siŵr nad oedd Dad yn y stafell pan o'n i'n gofyn, achos dydy Dad ddim yn licio pobl yn aros "ganol wythnos".

Yn ystod gwylia'r ha' llynedd mi ddaeth Roli yma i aros dros nos ac i gysgu yn y selar.

Mi wnes i'n siŵr mai Roli oedd yn cysgu agosaf at ddrws y stafell golchi dillad, achos mae'r stafell yna'n codi'r crîps arna i. Ac os basa rhwbath yn dod drwy'r drws yng nghanol nos, Roli fasa fo'n ei weld gynta ac mi fasa gen i fwy o amser i ddianc.

Tua 1 o'r gloch y bora, mi glywson ni sŵn yn dod o'r stafell golchi dillad a wnaeth i ni ddychryn am ein bywyda.

Roedd o'n swnio fel ysbryd hogan fach neu rwbath pan ddudodd –

DWI'N CUDDIO ... BLE YDW I?

Ro'n i a Roli yn baglu ar draws ein gilydd yr holl ffordd i fyny'r grisia.

Mi redon ni i mewn i stafell wely Mam a Dad,
gan ddeud wrthyn nhw fod 'na ysbryd yn y tŷ
ac y basa'n rhaid i ni symud fory nesa.

Doedd Dad ddim fel petai o'n ein credu, ond mi
gerddodd i lawr y grisia ac i mewn i'r stafell golchi
dillad. Mi gadwais i a Roli'n ddigon pell o'r drws.

Ro'n i'n poeni na fasa Dad yn dod o'r stafell yn
fyw. Mi glywais i sŵn siffrwd ac ambell gnoc, ac
ro'n i'n barod i redeg am fy mywyd.

CNOC
CLONC

Ond ymhen 'chydig eiliada mi ddaeth o allan o'r stafell efo un o deganau Mani yn ei law – aderyn o'r enw Deri Guddio.

Neithiwr mi arhosais i a Roli i Mam a Dad fynd i'r gwely cyn gwylio'r ffilm. Mewn gwirionedd, fi oedd yr unig un oedd yn gwylio, oherwydd roedd Roli wedi cuddio'i lygaid a'i glustiau.

Ffilm ydy hi am law fwdlyd sy'n crwydro'r wlad yn lladd pobl. A phwy bynnag ydy'r person olaf i weld y llaw ydy'r person nesa i gael ei ladd.

LLUSGO
LLUSGO

Doedd yr effeithiau arbennig yn y ffilm ddim yn wych, a doedd gen i ddim ofn o gwbl heblaw ar y diwedd un. Roedd 'na dro yng nghynffon y stori.

Ar ôl i'r llaw fwdlyd grogi'r cymeriad olaf, dechreuodd gropian tuag at y sgrin ac yna aeth y sgrin yn ddu. I ddechra do'n i ddim yn dallt, ond wedyn mi sylweddolais i mai FI oedd yn mynd i gael fy lladd nesa.

Diffoddais y teledu a disgrifio'r ffilm gyfan i Roli, o'i dechra i'w diwedd.

Wel, mae'n rhaid 'mod i'n wych am adrodd stori, achos roedd Roli wedi dychryn mwy na fi.

Ro'n i'n gwybod nad oedd pwrpas rhedeg at Mam a Dad y tro hwn achos mi faswn i'n cael cosb tasan nhw'n dod i wybod 'mod i wedi gwylio ffilm arswyd. Ond doeddan ni ddim yn teimlo'n saff felly mi dreulion ni weddill y noson yn y stafell molchi, efo'r golau 'mlaen.

Bechod na lwyddon ni i gadw'n effro drwy'r nos, achos mi gafodd Dad olygfa i'w chofio y bora wedyn.

Roedd Dad isio gwybod beth oedd ystyr peth fel hyn, ac roedd yn rhaid i mi gyfadde. Mi ddudodd Dad wrth Mam, felly dwi rŵan yn aros i glywed beth fydd fy nghosb. Ond a deud y gwir, dwi'n poeni llawer mwy ynghylch y llaw fwdlyd nag ydw i am unrhyw gosb ga' i gan Mam.

Ond ar ôl meddwl, dim ond am hyn-a-hyn y gall llaw fwdlyd deithio mewn diwrnod, yntê?

Felly, gobeithio bod hynny'n golygu 'mod i am fyw 'chydig yn hirach.

Dydd Mawrth

Ddoe, mi ges i bregeth gan Mam fod hogia fy oed i'n gwylio gormod o ffilmiau treisgar, a'n bod ni'n gwbl ddi-glem ynghylch be ydy adloniant GO IAWN.

Mi gaeais i 'ngheg, achos do'n i ddim yn siŵr i ba gyfeiriad roedd y bregeth yn mynd.

Ac yna, mi ddudodd Mam ei bod hi am ddechra "clwb darllen" ar gyfer hogia ein stryd ni er mwyn ehangu ein gorwelion a'n cyflwyno i lenyddiaeth fawr.

Mi es i ar fy nglinia ac ymbil ar Mam i roi'r gosb arferol i mi, ond doedd dim troi arni.

Felly heddiw gawson ni gyfarfod cynta Clwb Da 'Di Darllen. Ro'n i'n teimlo dros yr holl hogia oedd wedi cael eu GORFODI i ddod yno gan eu mamau.

DA 'DI DARLLEN

Dwi 'mond yn falch na wnaeth Mam wahodd Ffregli, yr hogyn od sy'n byw ar ein stryd ni, achos mae o wedi bod yn ymddwyn yn fwy od nag arfer yn ddiweddar.

Dwi'n dechra meddwl bod Ffregli'n beryglus, ond diolch i'r drefn dydy o ddim yn gadael ffiniau'i gartra yn ystod yr ha'. Falla fod gan ei rieni ffens drydan neu rwbath.

Beth bynnag, mi ddudodd Mam wrth bawb am ddod â'u hoff lyfr efo nhw er mwyn i ni ddewis un i'w drafod. Ac roedd pawb wrth eu bodd efo'r casgliad – pawb ond Mam.

Doedd y llyfra yma ddim yn llenyddiaeth "go iawn", yn ôl Mam, a mynnodd hi ddechra efo'r "clasuron".

Yna, mi ddangosodd hi lyfra i ni roedd hi'n arfer
eu darllen pan oedd HI'n blentyn.

Dyma'r union fath o lyfra mae athrawon yn trio'n
cael ni i'w darllen yn yr ysgol.

Mae 'na gynllun darllen yn yr ysgol ac os wyt ti'n
darllen un o'r "clasuron" yn dy amser sbâr mi gei
di dy wobrwyo efo sticer.

Dwn i ddim pwy maen nhw'n trio'i dwyllo. Galli di
fynd i'r siop gelf a chrefft yn y dre i brynu'r
union sticeri - cant am bunt.

A dydw i ddim yn siŵr chwaith be sy'n gwneud
llyfr yn "glasur", ond rhaid ei fod o'n gorfod bod
yn fwy na phum deg oed a bod person neu anifail
yn marw ar y diwedd.

Os nad ydan ni'n licio'r llyfra mae hi wedi'u dewis i
ni, mi ddudodd Mam y gallwn ni i gyd fynd ar
drip efo'n gilydd i'r llyfrgell i ddewis llyfr. Ond
whaiff hynny byth weithio i mi.

Ti'n gweld, pan o'n i'n wyth oed mi ges i fenthyg
llyfr o'r llyfrgell ac wedyn mi wnes i anghofio'n llwyr
amdano fo. Mi ddois i o hyd i'r llyfr rai blynyddoedd
yn ddiweddarach y tu ôl i fy nesg i, ac mae'n rhaid
bod arna i tua dwy fil o bunnau o ddirwy i'r llyfrgell
erbyn hyn.

Felly, mi wnes i gladdu'r llyfr yng nghefn fy
wardrob, ac mae o yno o hyd. A' i ddim 'nôl i'r
llyfrgell – dwi'n gwybod y byddan nhw'n disgwyl
amdana i.

GREG HEFFLEY, 'DAN
NI'N DY ARESTIO AM
BEIDIO DYCHWELYD "SUT
I GREU PYPED HOSAN".

FFUG

YFR

DYCHWEL

Dw'in dechrau crynu dim ond wrth WELD llyfrgellydd.

Mi ofynnais i Mam tybed fasan ni'n cael cyfle arall
i ddewis ein hoff lyfr, ac mi gytunodd. Rydan
ni'n cyfarfod eto fory ac yn dod â'n llyfra efo ni.

Dydd Mercher
Wel, mae nifer aelodau y Clwb Da 'Di Darllen
wedi lleihau'n arw dros nos. Mae pob un ond dau
ohonon ni ddaeth ddoe wedi penderfynu cadw
draw.

Daeth Roli â dau lyfr efo fo heddiw.

Y llyfr ro'n i wedi'i ddewis oedd y nawfed gyfrol yn y gyfres "Cysgod y Fall: Teyrnas Dywyll". Ro'n i'n meddwl y basa Mam yn falch gan ei fod yn llyfr hir a does 'na ddim lluniau ynddo fo.

Ond doedd Mam ddim yn cytuno efo'r dewis. Doedd hi ddim yn hoffi sut roedd llun y clawr yn portreadu genod.

Dwi wedi darllen "Teyrnas Dywyll", ac o'r hyn dwi'n ei gofio does 'na'm un hogan yn y stori. A deud y gwir, dwi'n amheus a wnaeth dylunydd y clawr DDARLLEN y stori o gwbl.

Beth bynnag, mi benderfynodd Mam ei bod hi am ddefnyddio ei statws fel sefydlydd Clwb Da 'Di Darllen i ddewis llyfr ar ein rhan ni. Felly mae hi wedi dewis llyfr o'r enw "Gwe Gwenhwyfar", sy'n edrych fel un o'r "clasuron" ro'n i'n sôn amdano fo.

Ac o edrych ar y clawr, mi fetia i y bydd naill a'r hogan neu'r mochyn yn marw cyn diwedd y stori.

Dydd Gwener
Wel, dim ond ond un aelod sydd gan y Clwb Da 'Di Darllen erbyn hyn, a fi 'di hwnnw.

Ddoe aeth Roli i chwarae golff neu rwbath efo'i dad, gan fy ngadael i mewn diflastod ar fy mhen fy hun. Do'n i ddim wedi gwneud fy ngwaith cartre, ac ro'n i'n dibynnu ar Roli i 'nghael i o dwll.

Ddim fy mai i ydy hi 'mod i heb lwyddo i orffen y gwaith cartre. Mi ges i 'ngorfodi gan Mam i fynd i ddarllen i fy stafell wely am ugain munud ddoe, ond dwi'n cael trafferth canolbwyntio am gyfnodau hir.

Ar ôl i Mam fy nal in chwaraen wirion, mi ddudodd hi na faswn in cael gwylio'r teledu nes i mi ddarllen y llyfr. Felly roedd yn rhaid i mi ddisgwyl iddi hi fynd i'r gwely neithiwr cyn cael cyfle i wylio'r teledu.

Ond ro'n in dal i feddwl am y ffilm arswyd efo'r llaw fwdlyd. Wrth i mi wylio'r teledu'n hwyr ac ar fy mhen fy hun, roedd gen i ofn y basa'r llaw fwdlyd yn cropian o dan y soffa ac yn gafael yn fy nhroed i neu rwbath.

Yr unig ateb i'r broblem oedd creu llwybr efo dillad a phetha eraill yr holl ffordd o fy stafell wely i lawr i'r lolfa.

Wedyn ro'n i'n gallu mynd i lawr y grisia ac yn ôl i fyny heb hyd yn oed gyffwrdd â'r llawr.

Bora 'ma mi faglodd Dad dros eiriadur ro'n i wedi'i adael ar ben y grisia, ac mae o'n gandryll efo fi. Ond mae'n well gen i weld Dad yn flin na meddwl be allai fod wedi digwydd i mi.

Dwi bellach wedi dechra poeni bod y llaw yn mynd i ddringo ar fy ngwely i wrth i mi gysgu. Felly, dwi'n cysgu efo blanced dros fy wyneb ac yn gadael twll bach i 'ngheg i fel y galla i anadlu.

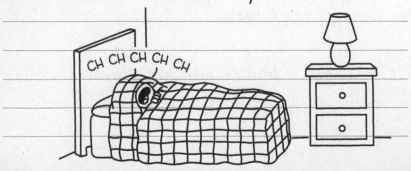

Ond mae 'na beryg mawr yn HYNNY hefyd.
Daeth Rodric i fy stafell wely i heddiw ac mi
dreuliais i weddill y bora yn trio cael blas ei hen
hosan fudr o o 'ngheg i.

Dydd Sul
Ro'n i i fod i orffen darllen tair pennod gynta
"Gwe Gwenhwyfar" erbyn heddiw. Ar ôl i Mam
sylweddoli 'mod i heb wneud hynny, roedd yn
rhaid i mi eistedd wrth ei hochr hi wrth fwrdd
y gegin nes 'mod i wedi gorffen.

Tua hanner awr yn ddiweddarach roedd 'na gnoc ar y drws. Roli oedd yna. Ro'n i'n meddwl ei fod o wedi dod 'nôl i fod yn rhan o'r Clwb Da 'Di Darllen, ond pan welais i ei dad efo fo, ro'n i'n gwybod bod rhwbath o'i le.

Roedd gan Mr Jefferson ddarn o bapur swyddogol-yr-olwg yn ei law efo logo'r clwb hamdden arno. Bil oedd o am yr holl ddiodydd ro'n i a Roli wedi'u harchebu yn y bar, a'r cyfanswm yn hanner can punt.

Bob tro ro'n i a Roli'n archebu diodydd wrth y pwll, roeddan ni'n nodi rhif aelodaeth Mr Jefferson ar ddarn o bapur. Doeddan ni ddim yn gwybod y bydda'n rhaid i rywun DALU amdanyn nhw.

Do'n i'n dal ddim yn dallt pam roedd Mr Jefferson wedi dod i'n tŷ NI. Dwi'n siŵr mai pensaer ydy o, felly os ydy o angen hanner can punt, dwi'n siŵr y gall o gynllunio adeilad arall. Mi gafodd o sgwrs efo Mam, ac mi ddaethon nhw i benderfyniad mai fi a Roli ddylai dalu'r bil.

Mi ddudis i wrth Mam mai dim ond plant ydw i a Roli – plant sy ddim yn ennill cyflog a heb swyddi na dim. Ateb Mam oedd y byddai'n rhaid i ni fod yn "greadigol". Yna, deudodd hi bod y Clwb Da 'Di Darllen wedi'i ohirio hyd nes y byddwn ni wedi talu'n dyledion.

A bod yn onest, dwi wrth fy modd. Os ydy o'n golygu bod dim rhaid i fi ddarllen, mae hynna'n swnio'n wych i mi.

Dydd Mawrth

Mi fues i a Rolin crafu pen yn galed ddoe yn trio meddwl am ffordd o dalu'r ddyled. Awgrymodd Roli y dylwn i fynd i'r peiriant twll-yn-y-wal i dynnu pres.

Pam dudodd Roli hynny, meddat ti? Wel, am ei fod o'n meddwl 'mod i'n graig o arian. 'Chydig flynyddoedd yn ôl, pan ddaeth Roli yma, roedd y papur toiled i gyd wedi darfod. Ac nes i Dad gael cyfle i fynd i siopa roeddan ni'n gorfod defnyddio napcyns Nadolig.

Roedd Rolin meddwl mai papur toiled ffansi oedd o, ac mi holodd os oedd ein teulu ni'n gyfoethog.

Do'n i ddim yn mynd i wrthod cyfle i frolio.

Ond dydan ni DDIM yn gyfoethog, a dyna'r broblem. Mi fues i'n pendroni'n hir am sut y gallai hogyn fy oed i gael gafael ar bres, ac yna wnaeth o 'nharo i – dechra cwmni torri gwair.

A dwi ddim yn sôn am wasanaeth ceiniog-a-dima chwaith. Dwi'n sôn am gwmni sy'n torri gwair yn chwaethus. Mi benderfynon ni alw'r cwmni yn Gwasanaeth Gerddi Gwych.

Mi ffonion ni bobl y Llyfr Ffôn i ofyn am gael rhoi hysbyseb yn eu llyfr melyn nhw. Ac nid rhyw hen hysbyseb fach bitw, ond andros o un fawr, mewn lliw, ar draws dwy dudalen.

Ond choeli di fyth: dyma bobl y Llyfr Ffôn yn deud y basa'n costio dwy fil o bunnau i roi'r hysbyseb yn eu llyfr.

Mi ddudis i wrthyn nhw fod hynna'n hollol hurt. Sut oedd rhywun i fod i fedru talu am hysbyseb os nad oeddan nhw wedi gwneud ceiniog o elw eto?

Mi sylweddolais i a Roli y basa'n rhaid i ni greu ein hysbysebion ein HUNAIN.

Ro'n i'n gweld y gallen ni greu posteri a'u dosbarthu nhw drwy bob blwch llythyrau yn yr ardal. Y cwbl roedd ei angen arnon ni oedd 'chydig o luniau i ni gael mynd ati'n syth.

Felly mi aethon ni i siop-y-gornel i brynu un o'r cardiau pen-blwydd mae merched yn eu rhoi i'w gilydd.

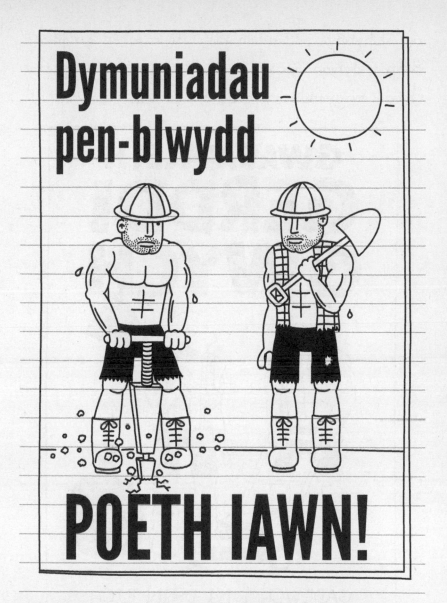

Wnaethon ni sganio'r llun i gyfrifiadur Roli a rhoi
ein pennau NI ar gyrff yr hyncs ar y cerdyn.

Ar ôl hynny, mi bastion ni luniau o offer garddio o flaen y dynion. Ac ar ôl i ni ei argraffu fo, mae'n rhaid i mi gyfadde – roedd o'n edrych yn wych.

Ar ôl gwneud symiau, mi ddois i'r casgliad y basa'n costio cannoedd am inc lliw a phapur i neud digon o bamffledi i'r ardal gyfan. Felly mi ofynnon ni i dad Roli a fysa fo'n fodlon mynd i'r siop i brynu'r holl betha roedd eu hangen.

Ond gwrthod wnaeth Mr Jefferson. A deud y gwir, dyna fo'n ein gwahardd ni rhag defnyddio ei gyfrifiadur ac argraffu mwy o gopïau o'r poster.

Ro'n i'n gegagored, achos os ydy Mr Jefferson am i ni dalu bil y diodydd, yna mae o'n gwneud popeth posib i fod yn lletchwith. Mi afaelon ni yn ein poster a'i heglu hi allan o'i swyddfa fo.

Yna es i a Roli o dŷ i dŷ yn dangos ein poster i bawb a brolio Gwasanaeth Gerddi Gwych.

Ar ôl cnocio ar ddrysau nifer o dai mi sylweddolon ni y basa'n llawer haws i ni ofyn i bobl basio'r poster i'w cymdogion drws-nesa ac yn y blaen, fel nad oedd yn rhaid i fi a Roli gerdded cymaint.

Rŵan, y cwbl sy ei angen i ni ei wneud ydy aros i'r ffôn ganu'n ddi-baid.

Dydd Iau
Mi fues i a Roli'n aros i'r ffôn ganu drwy'r dydd ddoe, ond chawson ni 'run alwad.

Ro'n in dechra meddwl nad oedd y dynion ar y cerdyn yn ddigon cyhyrog. Ond yna, tua 11 o'r gloch fore heddiw, mi ges i alwad gan Mrs Caradog. Mae hi'n byw ar yr un stryd â Nain. Roedd hi'n chwilio am rywun i dorri'r lawnt, ond roedd hi isio geirda gan gwsmer cyn y basa hi'n fodlon ein cyflogi ni.

Ro'n in arfer torri'r lawnt i Nain, felly mi ffoniais i hi a gofyn iddi roi galwad i Mrs Caradog i ddweud wrthi cystal gweithiwr ydw i.

Mi wnes i ddal Nain ar adeg wael achos y cwbl wnaeth hi oedd cega 'mod i wedi gadael pentyrrau o ddail ar y lawnt ers yr hydref, a bod hynny wedi gadael patshys brown ar ei lawnt hi.

Dyma hi'n gofyn i mi pryd ro'n i am ddod 'nôl i orffen y gwaith yn iawn.

Nid dyna'r math o ymateb ro'n i wedi'i ddisgwyl ganddi. Soniais wrth Nain mai dim ond gwaith sy'n talu 'dan ni'n ei wneud ar hyn o bryd ac y baswn yn dod 'nôl ati yn nes at ddiwedd y gwylia.

Ffoniais i Mrs Caradog wedyn a gwneud llais mor debyg ag y gallwn i lais Nain. Dwi'n eitha lwcus bod fy llais i heb dorri eto.

MAE GWASANAETH GERDDI GWYCH YN HOLLOL WYCH. MAE FY LAWNT I'N BERFFAITH RŴAN.

A chred ti fi, mi lyncodd Mrs Caradog y cwbl.
Cyn ffarwelio, diolchodd hi i "Nain" am y geirda.
Yna mi ffoniodd hi 'nôl 'chydig funudau'n
ddiweddarach, ac mi atebais yn fy llais arferol.
Roedd Mrs Caradog yn fodlon ein cyflogi ni ac am
i ni alw heibio i'w thŷ hi ddechra'r pnawn.

Ond dwi'n byw yn eitha pell o dŷ Mrs Caradog,
felly mi ofynnais iddi hi ddod i'n nôl ni yn ei char.
Doedd hi ddim yn hapus ynglŷn â hynny ond
cytunodd i ddod i'n nôl ni erbyn hanner dydd.

Pan gyrhaeddodd Mrs Caradog am hanner dydd
yn nhryc ei mab, y peth cynta ofynnodd hi oedd
lle roedd ein peiriant torri gwair ni a gweddill yr
offer.

Bu'n rhaid i fi esbonio NAD OES offer garddio
gan y cwmni eto, ond dydy Nain byth yn cloi drws
ochr y tŷ, felly mater bach oedd benthyg ei
pheiriant torri gwair hi am 'chydig oriau. Mae'n
rhaid bod Mrs Caradog bron â marw isio lawnt
daclus, achos mi gytunodd hi i'r cynllun.

Diolch byth, doedd Nain ddim adra, felly roedd
cael gafael ar y peiriant torri gwair yn hawdd.
Aethon ni â'r peiriant i dŷ Mrs Caradog ac wedyn
roeddan ni'n barod am waith.

Dyna pryd y sylweddolais i a Roli nad oedd 'run
ohonon ni wedi defnyddio peiriant torri gwair o'r
blaen. Bu'r ddau ohonon ni'n gwthio gwahanol
fotymau a thynnu gwahanol lifrau am sbel, yn trio
cael y peth i danio.

Yn anffodus, wrth i ni droi'r peiriant ar ei ochr, llifodd yr holl betrol ar y gwair, ac roedd yn rhaid i ni fynd 'nôl i dŷ Nain i gael mwy.

Dyna pryd dois i o hyd i daflen gyfarwyddiadau'r peiriant torri gwair. Rois i gynnig ar ei darllen hi, ond roedd y cyfan mewn Sbaeneg. O ddallt MYMRYN BACH o'r Sbaeneg, ro'n i'n gallu gweld bod defnyddio peiriant torri gwair yn llawer mwy peryglus nag o'n i wedi'i ddychmygu.

Mi ddudis i wrth Roli am fynd ati i dorri'r gwair efo'r peiriant er mwyn i mi eistedd yn y cysgod i weithio ar ein cynllun busnes.

Doedd Roli ddim yn lecio'r syniad yna o gwbl. "Partneriaeth" oedd y busnes yma, medda fo, felly roedd angen i bopeth fod yn hanner a hanner. Ro'n i'n gwbl gegagored wrth glywed hyn, achos fi oedd yr un a gafodd y syniad i ddechra, felly perchennog y cwmni o'n i, nid partner.

Es i ati i esbonio i Roli fod angen un person i wneud y gwaith corfforol ac wedyn rhywun arall i edrych ar ôl y pres.

A ti'n gwybod be? Mi gerddodd Roli o 'na.

Dwi isio gwneud un peth yn hollol glir – os daw
Roli ata i i ofyn am eirda yn y dyfodol, yna un
gwael iawn gaiff o gen i.

Ond y gwir ydy does arna i ddim angen Roli mewn
gwirionedd. Os bydd y busnes gerddi 'ma'n ehangu
mor gyflym ag ydw i'n meddwl y gwnaiff o, mi
fydd gen i GANT o Rolis yn gweithio i mi.

Yn y cyfamser, roedd angen torri lawnt Mrs
Caradog. Edrychais i eto ar y daflen ac yna dallt
bod angen i mi dynnu rhyw handlen oedd yn sownd
wrth linyn, felly mi rois i gynnig arni.

Mi daniodd y peiriant yn syth, ac ro'n i'n barod i
ddechra.

A doedd o ddim yn waith mor galed ag o'n i wedi
meddwl y bydda fo. Roedd y peiriant torri gwair
yn symud ar ei ben ei hun a'r cwbl roedd yn
rhaid i fi ei wneud oedd cerdded y tu ôl iddo fo
a'i lywio fo bob hyn a hyn.

Ond wedyn, mi ddechreuais i sylwi bod darnau o
faw ci ym mhobman. A doedd hi ddim yn hawdd
llywio'r peiriant o'u cwmpas nhw.

Mae gan y Gwasanaeth Gerddi Gwych bolisi llym
iawn ynghylch baw ci. Dydan ni ddim yn mynd yn
agos ato fo.

Felly, o hynny 'mlaen, bob tro ro'n i'n gweld rhwbath oedd yn edrych fel baw ci ro'n i'n gwneud cylch deg troedfedd o'i gwmpas o, jest i fod yn saff.

Chymerodd y gwaith ddim llawer o amser ar ôl hynny achos roedd gen i lai o lawnt i'w thorri. Ar ôl i mi orffen, mi es i at y drws ffrynt i ofyn am fy mhres. Tri deg punt oedd y bil terfynol – ugain punt am dorri'r lawnt a deg punt am yr amser wnes i a Roli ei dreulio'n creu'r poster.

Ond roedd Mrs Caradog yn gwrthod talu. Mi ddudodd hi mai gwasanaeth "gwael" iawn roeddan ni'n ei gynnig ac mai prin roeddan ni wedi cyffwrdd ei lawnt hi.

Mi esboniais i iddi hi am y baw ci, ond wnâi hi ddim talu. Ac, i wneud petha'n waeth, doedd hi ddim yn fodlon rhoi lifft adra i mi chwaith. Ro'n i'n ofni y basa 'na rywun yn trio gwneud hen dro gwael efo ni yn ystod yr ha', ond wnes i erioed feddwl y basa'n cwsmer cynta ni'n gwneud hynna.

Bu'n rhaid i fi gerdded adra, ac erbyn i mi gyrraedd, ro'n i'n gandryll. Adroddais i'r hanes am dreulio'r pnawn yn torri gwair wrth Dad, ac hefyd bod Mrs Caradog wedi gwrthod fy nhalu i.

Aeth Dad â fi yn y car yn syth i dŷ Mrs Caradog. Ro'n i'n meddwl ei fod o'n mynd i roi llond pen iddi hi am gymryd mantais ohona i ac ro'n i isio gweld hynny. Ond aeth Dad i nôl peiriant torri gwair Nain a gorffen y gwaith ro'n i wedi'i ddechra ar lawnt Mrs Caradog.

RRRRRR

Ar ôl iddo fo orffen, wnaeth o ddim gofyn am geiniog ganddi hi.

Ond doedd y trip ddim yn wastraff amser LLWYR, cofia di. Ar ôl i Dad orffen, mi rois i arwydd yn y gwair o flaen tŷ Mrs Caradog.

Os nad o'n i'n mynd i gael fy nhalu, o leiaf gallwn i gael mymryn o gyhoeddusrwydd am ddim.

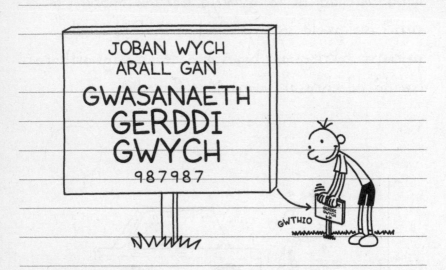

JOBAN WYCH
ARALL GAN
GWASANAETH
GERDDI
GWYCH
987987

GWTHIO

Dydd Sadwrn

Dydy'r busnes Gwasanaeth Gerddi Gwych ddim wedi bod yn llwyddiannus iawn a deud y gwir. Dwi ddim wedi derbyn 'run alwad arall yn cynnig gwaith i ni, a dwi'n dechra ama bod Mrs Caradog wedi bod yn deud petha cas amdanon ni wrth y cymdogion.

Ro'n i wedi meddwl rhoi'r ffidil yn y to a rhoi terfyn ar y busnes, ond mi wnes i sylweddoli y gallwn i neud ambell newid bach i'r pamffled a rhoi cynnig ar fusnes arall pan ddaw hi'n aeaf.

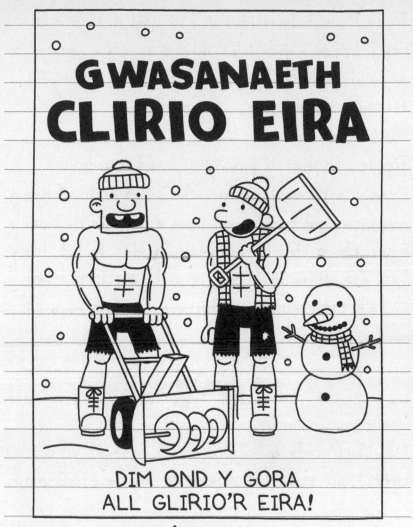

GWASANAETH
CLIRIO EIRA

DIM OND Y GORA
ALL GLIRIO'R EIRA!

Y broblem ydy mai RŴAN dwi isio pres. Ffoniais i Roli er mwyn trafod syniadau newydd, ond roedd o wedi mynd i'r sinema efo'i dad, yn ôl ei fam. Ro'n i braidd yn flin a deud y gwir, gan nad oedd o wedi gofyn i mi a gâi o ddiwrnod i ffwrdd o'r gwaith.

Dydy Mam ddim yn fodlon i mi gael hwyl o gwbl nes y bydda i wedi talu'r ddyled sy arna i am y diodydd, ac felly mae'n rhaid i MI ddod o hyd i ffordd o ennill y pres.

Dduda i wrthat ti pwy sy â phentwr o bres – Mani. Mae'r hogyn yna'n GRAIG o arian. 'Chydig wythnosa 'nôl mi ddudodd Mam a Dad wrth Mani y basan nhw'n rhoi pum deg ceiniog iddo fo bob tro y basa fo'n defnyddio'r poti ohono'i hun. Felly rŵan mae o'n cario galwyn o ddŵr efo fo i bob man.

Mae Mani'n cadw ei holl bres mewn jar fawr yn ei lofft. Mae'n rhaid bod ganddo fo fwy na £150 ynddi.

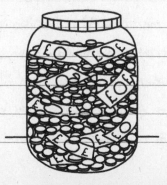

Dwi wedi bod yn meddwl gofyn i Mani am gael benthyg y pres, ond fedra i jest ddim gwneud. A dwi'n siŵr fod Mani'n codi llog bob tro mae o'n rhoi benthyg pres i bobl.

MI GEI DI RAGOR GEN I FORY, MANI.

Dwi'n trio meddwl am ffordd o ennill pres heb orfod gwneud unrhyw waith o gwbl. Ond pan ddudis i hynny wrth Mam, wnaeth hi 'nghyhuddo i o fod yn "ddiog".

Iawn, falla 'mod i'n ddiog, ond nid fy mai i ydy hynny. Dwi wedi bod yn ddiog erioed, a falla, tasa rhywun wedi gwneud rhwbath am y peth yn gynt, faswn i ddim fel hyn rŵan.

Dwi'n cofio ar ddiwedd amser chwarae yn yr ysgol feithrin byddai'r athrawes yn deud wrth bawb am glirio'r teganau, ac roeddan ni'n canu "Cân Clirio" wrth wneud. Wel, ro'n i'n canu'r gân efo pawb arall, ond wnes i erioed godi bys i glirio.

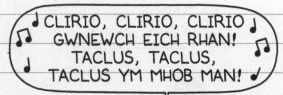

♪ CLIRIO, CLIRIO, CLIRIO ♪
♫ GWNEWCH EICH RHAN! ♫
TACLUS, TACLUS,
TACLUS YM MHOB MAN! ♪

Felly, os wyt ti isio beio rhywun am fy mod i mor ddiog, yna mae bai mawr ar y system addysg.

Dydd Sul
Bora 'ma, daeth Mam i fy stafell wely i fy neffro i fynd i'r eglwys. Ro'n i'n falch o gael mynd a deud y gwir, achos os ydw i am ddod o hyd i ffordd o dalu'r bil diodydd mi fydd yn rhaid i mi gael arweiniad gan y Bod Mawr. Pan fydd Nain isio rhwbath mi fydd hi'n gweddio amdano, ac wedyn yn ei gael o'n syth.

Mae'n rhaid bod gan Nain linell uniongyrchol at Dduw.

Am ryw reswm dydy petha ddim yn gweithio cystal i mi. Ond dydy hynny ddim yn golygu 'mod i am roi'r gora i drio.

Testun y bregeth heddiw oedd "Iesu Cudd", a sut y dylet ti fod yn garedig efo pawb rwyt ti'n eu cyfarfod achos dwyt ti byth yn gwybod pwy ydy Iesu Grist go iawn.

Gwneud i ti fod isio bod yn well person ydy pwrpas hyn, ond y cwbl mae o wedi'i wneud ydy achosi paranoia i mi achos dwi'n bownd o ddyfalu yn anghywir.

Mi aeth y blwch casgliad o gwmpas yr eglwys fel arfer, a'r cwbl y gallwn i feddwl amdano oedd 'mod i angen y pres yn fwy na phwy bynnag fasa'n derbyn hwn ar y diwedd.

Ond mae Mam yn gallu 'narllen i fel llyfr, ac mi basiodd hi'r blwch casgliad i'r bobl yn y rhes y tu ôl i ni cyn i mi gael cyfle i fachu'r pres.

Dydd Llun

Mi fydd hi'n ben-blwydd arna i y penwythnos yma, a dwi wedi cyffroi. Eleni dwi am gael parti efo'r TEULU. Dw'in dal yn flin efo Roli am droi ei gefn ar y busnes gerddi, felly dwi'm isio iddo fo ddod acw i gael tamaid o 'nghacen ben-blwydd i.

Ond yn fwy na hynny, dwi wedi dysgu 'ngwers ynglŷn â gwahodd ffrindia i bartïon. Maen nhw i gyd yn meddwl bod ganddyn nhw'r hawl i chwarae efo dy deganau newydd di.

A phob tro dwi'n gwahodd fy ffrindia i, mae Mam yn gwahodd plant ei ffrindia HI i'r parti, felly dwi ddim yn nabod hanner y bobl yn fy mharti fy hun.

Ac nid y plant hynny sy'n prynu presant i mi, eu MAMAU nhw sy'n gwneud. Ac os byddi di'n ddigon lwcus i gael gêm gyfrifiadur yn bresant, fydd hi ddim y math o gêm rwyt ti'n dymuno ei chael.

LLYFFANT
+ PERO
yn dysgu
RHANNU

Dwi mor falch 'mod i ddim yn rhan o'r tîm nofio eleni. Llynedd roedd yn rhaid i mi ymarfer ar ddiwrnod fy mhen-blwydd, a rhoddodd Mam lifft i mi i'r pwll.

Mi ges i fy nyrnu gymaint o weithiau yn fy mreichiau, roedd yn rhy boenus i mi eu codi i nofio.

Felly, wrth ddathlu fy mhen-blwydd, dwi wedi penderfynu osgoi plant eraill.

Mae Mam wedi deud y ca' i barti efo'r teulu cyn belled â 'mod i ddim yn gwneud fy nhric "arferol" efo'r cardia. Dydy hynny ddim yn deg, achos dwi wedi dyfeisio system WYCH ar gyfer agor cardia. Dwi'n eu gosod nhw i gyd mewn pentwr taclus, ac yna'n rhwygo'r amlen a'i hysgwyd hi er mwyn i'r pres syrthio allan. Drwy beidio ag oedi i ddarllen y cardia, mi alla i agor ugain o gardia mewn munud.

Mae Mam yn deud bod y dechneg yma'n "sarhaus" i'r bobl sy wedi anfon y cardia. Y tro hwn, mae'n rhaid i mi ddarllen pob cerdyn a diolch i'r person sy wedi'i yrru, medda hi. Mi fydd hynny'n arafu petha, ond mi fydd hi'n werth yr ymdrech yn y pen draw.

Dwi wedi bod yn crafu pen am be hoffwn ei gael yn bresant eleni. Be dwi WIR ei isio ydy ci.

Dwi wedi bod yn gofyn am gi ers tair blynedd, ond mae Mam yn deud y bydd yn rhaid i mi ddisgwyl nes bydd Mani'n gallu defnyddio'r toiled ohono'i hun cyn y cawn ni un. Wel, wrth ystyried triciau toiled Mani ar hyn o bryd, gallwn ni fod yn aros AM BYTH.

Dwi'n gwybod bod Dad yn ysu am gael ci hefyd. Roedd ganddo fo un pan oedd O'N blentyn.

Ro'n i'n meddwl mai dim ond 'chydig o berswâd oedd ei angen ar Dad, felly Dolig dwytha mi welis i 'nghyfle. Daeth Yncl Joe a'i deulu acw un pnawn, ac mi ddaethon nhw â'u ci, Cysgod, efo nhw.

Mi ofynnais i Yncl Joe awgrymu'n ddistaw i Dad y dylai o brynu ci. Ond mae Yncl Joe wedi difetha fymgyrch i am y pum mlynedd nesa.

Peth arall does gen i ddim gronyn o obaith ei gael ar fy mhen-blwydd ydy ffôn symudol, a Rodric sy i'w feio am hynny.

Mi gafodd Rodric ffôn symudol yn bresant gan
Mam a Dad llynedd, ac mi gafodd o fil o £300 am
y mis cynta. Sut llwyddodd o i wneud hynny? Wel,
be oedd Rodric yn ei wneud oedd petha fel ffonio
Mam a Dad o'i stafell wely i gwyno ei fod o'n rhy
oer a'i fod o am iddyn nhw roi'r gwres yn uwch.

Yr unig beth dwi am ofyn amdano fo eleni ydy
cadair esmwyth foethus. Mae gan Yncl Charlie un,
ac mae o'n BYW AC YN BOD ynddi.

Y prif reswm pam dwi isio cadair esmwyth foethus i mi fy hun ydy, tasa gen i un, fasa dim rhaid i mi godi ohoni i fynd i'r gwely ar ôl bod yn gwylio teledu yn hwyr gyda'r nos. Gallwn i gysgu'n braf yn y gadair.

Mae'r cadeiriau yma'n gallu gwneud pob math o betha, fel tylino'r gwddw. Dwi'n siŵr y basa'r botwm "dirgrynu" yn ei gwneud hi'n haws i mi ddiodde pregethu Dad.

RHAID I TI ROI'R GORA I ADAEL DY DDILLAD BUDR AR LAWR Y STAFELL MOLCHI!

FRMMMM

Yr unig bryd y basa'n rhaid i mi godi o'r gadair fasa i fynd i'r toiled. Ond falla ei bod hi'n well i mi aros tan y flwyddyn nesa achos dwi'n siŵr y byddan nhw wedi meddwl am hynny pan ddaw'r model newydd i'r siopau.

<u>Dydd Iau</u>

Mi ofynnais i Mam fynd â fi 'nôl i Salon Pyrmiau Piws heddiw, er do'n i ddim angen torri 'ngwallt go iawn. Ro'n i jest isio clywed y clecs diweddaraf.

Mi ddudodd Anet, fy steilydd gwallt i, ei bod hi wedi clywed gan ryw ddynes sy'n nabod Mrs Jefferson 'mod i a Roli wedi ffraeo.

Mae'n debyg bod Rolin "torri'i galon" am nad ydy o wedi cael gwahoddiad i 'mharti pen-blwydd i. Wel, os ydy Rolin ddigalon, mae o'n llwyddo i'w guddio fo'n dda.

Bob tro dwi'n gweld Roli, mae o'n edrych yn hapus fel y gog yng nghwmni ei dad. Mae'n edrych i mi fel tasa fo wedi dod o hyd i ffrind gora newydd yn barod.

Dydy hi ddim yn deg bod Rolin cael mynd i'r Clwb Hamdden er bod arno fo bres am y bil diodydd o hyd. Mae'r peth yn drewi.

Yn anffodus, mae cyfeillgarwch Roli a'i dad yn dechra cael effaith ar fy MYWYD I. Ond mae Mam yn meddwl bod gweld Rolin treulio amser efo'i dad yn beth "annwyl", ac y dylwn i a Dad fynd i bysgota neu chwara pêl efo'n gilydd neu rwbath.

Ond y gwir ydy nad ydy'r busnes tad a mab 'ma'n gweithio i ni. Y tro dwytha i Mam orfodi i fi a Dad dreulio amser efo'n gilydd, mi fu'n rhaid i fi ei lusgo fo 'nôl i'r cwch o ddŵr Llyn Carnguwch.

Ond mae'r chwilen ym mhen Mam erbyn hyn. Mae hi'n deud ei bod hi isio gweld Dad a'i feibion yn dod yn agosach. Ac mae hynny'n gallu bod yn brofiad annifyr weithia.

<u>Dydd Gwener</u>
Heddiw, ro'n i wrthi'n gwylio'r teledu, yn meindio 'musnes fy hun, pan ddaeth cnoc ar y drws ffrynt. Daeth Mam i ddeud fod 'na "ffrind" wedi galw i 'ngweld i, felly mi feddyliais i'n syth mai Roli oedd wedi dod i ymddiheuro.

Ond nid Roli oedd yna. Ond FFREGLI.

Ar ôl i mi ddod dros y sioc, mi gaeais i'r drws yn glep yn ei wyneb o. Ro'n i mewn panig achos doedd gen i ddim clem pam roedd Ffregli wrth ddrws ffrynt tŷ ni. Ar ôl 'chydig funudau, mi es at y ffenest i sbecian, ac roedd Ffregli'n DAL i sefyll yno.

Roedd yn rhaid i mi neud rwbath ar frys, felly mi es i'r gegin i ffonio'r heddlu. Ond mi roddodd Mam stop arna i cyn i mi fedru deialu'r 9 olaf.

MAM oedd wedi gwahodd Ffregli draw. Roedd hi'n meddwl 'mod i'n "unig" ers i fi a Roli ffraeo, ac y basa trefnu i Ffregli ddod draw i "chwara" yn helpu, meddai hi.

Ti'n gweld, dyna pam na ddylwn i byth ddeud dim wrth Mam am betha personol. Roedd y sefyllfa 'ma efo Ffregli yn drychineb go iawn.

Dwi wedi clywed na chaiff Fampir ddod i mewn i'ch tŷ chi oni bai eich bod chi'n ei wahodd o. Dwi'n siŵr fod yr un peth yn wir am Ffregli.

Felly rŵan mae gen i DDAU beth i boeni yn eu cylch nhw: y llaw fwdlyd a Ffregli. A tasa'n rhaid i mi ddewis pa un fasa'n well gen i ddod wyneb yn wyneb ag o, yna mi faswn i'n dewis y llaw fwdlyd mewn chwinciad.

Dydd Sadwrn

Roedd hi'n ben-blwydd arna i heddiw, ac aeth bob dim yn ôl y disgwyl. Daeth aelodau'r teulu tua 1 o'r gloch. Ro'n i wedi gwahodd cymaint o bobl â phosib er mwyn cael toman o bresanta, a chwara teg, mi ddaeth 'na dipyn go lew.

Does 'na ddim amser i ddili-dalian mewn parti pen-blwydd. Mae angen mynd ati i agor y presanta yn syth. Felly mi ges i bawb i ddod i'r stafell fyw.

Mi o'n i'n barchus iawn wrth agor y cardia, yn union fel roedd Mam wedi deud. Roedd hi'n chydig o straen, ond roedd hi'n werth pob eiliad.

Cyfarchion arbennig
A ddygaf yn ffri,
Fy nai bendigedig –
Fy seren wyt ti!

Pen-blwydd Hapus!

Anti Brenda

WAW, ANTI BRENDA, MAE HWN YN HOLLOL WYCH!

PAN WELAIS I O YN Y SIOP, RO'N I'N GWYBOD EI FOD YN BERFFAITH!

Yn anffodus, ar ôl i mi gasglu'r sieciau at ei gilydd, daeth llaw Mam o rwla i gipio'r pres er mwyn talu bil Mr Jefferson.

Yna, mi ddechreuais i agor y presanta, ond
doedd 'na ddim llawer o'r rheiny. Roedd y cynta,
gan Mam a Dad, yn fach ac yn drwm, ac ro'n
i'n meddwl bod hynny'n arwydd da. Ond mi ges i
sioc pan agorais y papur lapio.

Pan edrychais i'n fanylach, nid ffôn symudol
arferol oedd hi. Roedd hi ar siâp buwch goch
gota. Dim ond dau fotwm oedd ar y ffôn: un
i ffonio adra ac un ar gyfer argyfwng. Felly
does 'na'm llawer o bwrpas iddi.

Dillad a phetha diwerth eraill oedd gweddill y presanta. Ro'n i dal i obeithio y baswn in cael y gadair esmwyth foethus, ond unwaith y sylweddolais i nad oedd unman arall y gallai Mam a Dad fod yn cuddio cadair freichiau drom, rois i'r ffidil yn y to.

Yna mi gyhoeddodd Mam ei bod hi'n amser mynd i'r stafell fwyta i dorri'r gacen. Ond yn anffodus, roedd ci Yncl Joe, Cysgod, wedi bwyta hanner y gacen.

CNOI
LLYNCU
LLYFU

Ro'n i'n gobeithio y basa Mam yn mynd i'r siop i brynu cacen arall i mi, ond y cwbl ddaru hi oedd gafael mewn cyllell a gweini'r darnau roedd y ci heb eu cyffwrdd.

Roedd Mam wedi torri darn mawr i fi, ond erbyn hynny doedd arna i fawr o awydd cacen. Yn enwedig wrth wrando ar sŵn Cysgod o dan y bwrdd yn chwydu darnau o ganhwyllau.

<u>Dydd Sul</u>
Mae'n rhaid bod Mam yn teimlo'n euog am halibalŵ y parti pen-blwydd, oherwydd mi aeth hi a fi i'r dre heddiw i brynu "presant-deud-sori".

Mi gafodd Mani a Rodric ddod efo ni hefyd, ac mi ddudodd hi y basan nhw'n cael dewis presant hefyd. Doedd hynny ddim yn deg o gwbl, achos doeddan NHW ddim yn dathlu eu pen-blwydd ddoe.

Mi gerddon ni o gwmpas y siopau am sbel cyn i ni fynd i mewn i siop anifeiliaid anwes. Ro'n i'n gobeithio y basa'r tri ohonon ni'n cytuno i gael ci rhyngom, ond roedd gan Rodric ddiddordeb mewn anifail cwbl wahanol.

Rhoddodd Mam bapur pum punt yr un i ni a deud bod croeso i ni brynu beth bynnag oeddan ni'i isio efo'r pres, ond dydy pum punt ddim yn lot o bres mewn siop anifeiliaid anwes. Yn y diwedd, mi fodlonais i ar bysgodyn bach amryliw, cŵl.

Pysgodyn ddewisodd Rodric hefyd. Does gen i ddim syniad pa fath o bysgodyn ydy o, ond y rheswm pam dewisodd Rodric y pysgodyn oedd oherwydd y label "ffyrnig" oedd ar y tanc.

Gwariodd Mani ei bum punt ar fwyd pysgod. Yn wreiddiol ro'n i'n meddwl mai isio bwydo fy mhysgod i a Rodric roedd o, ond erbyn i ni gyrraedd adra roedd Mani wedi bwyta mwy na hanner y tun.

Dydd Llun
Dyma'r tro cynta i mi fod yn berchen ar fy anifail anwes fy hun, a dwi'n eitha mwynhau'r cyfrifoldeb. Dwi'n bwydo fy mhysgodyn deirgwaith y dydd, ac yn cadw'r bowlen yn lân iawn.

Dwi wedi prynu dyddlyfr hyd yn oed, er mwyn cofnodi popeth mae fy mhysgodyn i'n ei wneud yn ystod y dydd. Ond mae'n rhaid i mi gyfadde 'mod i'n cael cryn drafferth i lenwi'r tudalennau.

Mi ofynnais i Mam a Dad fasan ni'n cael prynu acwariwm a phrynu llwyth o bysgod i'w rhoi ynddo fo er mwyn cadw cwmpeini i 'mhysgodyn i. Ond mi ddudodd Dad eu bod nhw'n betha drud ac y dylwn i ofyn am un yn bresant Dolig.

Y peth gwaetha am fod yn blentyn ydy mai dwywaith y flwyddyn y daw'r cyfle i ti gael y petha rwyt ti wir eu hangen, sef Dolig a phen-blwydd. A hyd yn oed wedyn, mae dy rieni di'n gwneud smonach drwy brynu Buwch Goch Gota i ti.

Tasa gen i bres, mi faswn i'n gallu prynu beth bynnag faswn i'i isio heb orfod teimlo cywilydd, fel rhentu gêm gyfrifiadurol neu brynu fferins ac ati.

Beth bynnag, dwi'n sylweddoli y bydda i'n enwog ac yn gyfoethog ryw ddiwrnod, ond dwi'n dechra poeni bod y diwrnod hwnnw'n hir yn dod. Ro'n i'n meddwl yn siŵr y basa gen i O LEIAF fy rhaglen deledu realaeth fy hun erbyn hyn.

Neithiwr ro'n i'n gwylio un o'r rhaglenni teledu 'na lle mae 'na nani yn mynd i fyw efo teulu am wythnos ac yn dangos iddyn nhw be maen nhw'n ei wneud o'i le.

Wel does gen i'm syniad a oedd yn rhaid i'r ddynes fynd i ysgol arbennig ar gyfer nanis neu rwbath, ond dyna'r swydd DDELFRYDOL i mi.

Y cwbl sy'n rhaid i mi ei neud ydy dod o hyd i ffordd o gael swydd y nani honno pan fydd hi'n ymddeol.

MAE EICH CARTRE CHI FEL TWLC MOCHYN, DOES GAN EICH PLANT CHI DDIM CWRTEISI, A ... HEI, MR JOHNSON, GWNEWCH RYWBETH AM Y CRYS 'NA!

'Chydig flynyddoedd yn ôl mi ddechreuais i gasglu atgofion personol, fel adolygiadau llyfrau a hen deganau a phetha felly, achos pan fydd fy amgueddfa'n agor dwi isio gwneud yn siŵr fod gen i ddigon o betha diddorol o fy mywyd i'w llenwi hi.

Ond dydw i ddim yn cadw unrhyw beth fel ffyn lolipops â 'mhoer i arnyn nhw achos, coelia di fi, dydw i DDIM isio cael fy nghlônio.

Pan fydda i'n enwog, mi fydd yn rhaid i mi fyw'n well.

Mae'n siŵr y bydd yn rhaid i mi deithio mewn awyren breifat, achos taswn i'n mynd ar awyren gyffredin mi faswn i'n cael llond bol ar y bobl yn y cefn yn trio defnyddio fy nhoiled personol i.

Peth arall fasa'n rhaid i mi ddygymod ag o ydy'r ffaith y bysa 'mrodyr i'n dod yn enwog hefyd, dim ond am eu bod nhw'n perthyn i mi.

Mi fues i bron â dod yn enwog 'chydig flynyddoedd
yn ôl pan ges i waith gan asiantaeth modelu. Syniad
Mam oedd o ac mae'n siŵr ei bod hi wedi bwriadu i mi
fod mewn catalog dillad neu rwbath felly.

Ond mi gafodd fy llun i ei ddefnyddio ar gyfer
llyfr meddygol gwirion, ac mae pobl wedi bod yn
tynnu 'nghoes i byth ers hynny.

Sut i drin plentyn sy'n
RHWYM
Marion Locke, PhD

<u>Dydd Mawrth</u>
Mi dreuliais i'r pnawn ar fy nghyfrifiadur ac yn
darllen comics.

Ar gefn un ohonyn nhw, lle mae 'na gartŵn o'r enw "Ciwti Fach" fel arfer, mi welais i hysbyseb.

Wyt ti'n gallu darlunio pethau doniol?

Rydan ni'n chwilio am gartwnydd talentog i lunio stribed cartŵn syml yn lle "Ciwti Fach". Fedri di wneud i ni chwerthin?

Does dim angen cartwnau sy'n cynnwys anifeiliaid.

Waw, dyma'r cyfle GORA i mi ei gael ers i bapur yr ysgol gyhoeddi cartŵn gen i un tro.

Mae'r hysbys yn nodi na fydd croeso i gartwnau am anifeiliaid, a dwi'n gwybod pam. Mae 'na gartŵn o'r enw "Y Ci Cu" wedi ymddangos yn y comic ers bron i hanner canrif.

Mae'r awdur wedi marw erstalwm, ond maen nhw'n dal i ailgyhoeddi ei waith o.

Dwi'm yn siŵr ydy'r cartwnau'n ddoniol ai peidio, achos dydy'r rhan fwyaf ohonyn nhw ddim yn gwneud synnwyr i rywun fy oedran i.

Beth bynnag, mae'r papur newydd wedi rhoi cynnig arni sawl gwaith i gael gwared ar y cartŵn, ond mae 'na ffans ffyddlon i'r "Ci Cu" yn codi eu lleisiau mewn protest bob tro. Mae'n rhaid nad oes ganddyn nhw eu hanifail anwes eu hunain neu rwbath.

Y tro dwytha iddyn nhw drio cael gwared ar "Y Ci
Cu", daeth pedwar llond bws o hen bobl o Hafod
Hamdden i gwyno y tu allan i swyddfa'r cwmni nes
iddyn nhw ennill y dydd.

Dydd Sadwrn
Roedd Mam yn ei hwylia bora 'ma ac felly ro'n i'n
gwybod bod rhwbath ar droed.

Am 10 o'r gloch mi waeddodd hi arnon ni i gyd i
fynd i'r car, a phan ofynnais iddi lle roeddan ni'n
mynd, "syrpréis ydy o," meddai hi.

Mi sylwais i fod Mam wedi pacio eli haul a throwsusa
nofio a phetha tebyg yng nghefn y car, felly mi
gymerais i mai i lan y môr roeddan ni'n mynd.

Ond pan ofynnais iddi a o'n i'n iawn, mi ddudodd Mam
fod y lle roeddan ni'n mynd iddo fo hyd yn oed yn
WELL na glan y môr.

Ond mi gymerodd hi amser hir iawn i gyrraedd diwedd
y daith. A doedd hi ddim yn bleserus gorfod eistedd
yn y cefn efo Rodric a Mani.

Roedd Mani'n eistedd yn y canol rhwng Rodric a fi, ar y lwmp yn y sêt. Yn ystod y daith mi benderfynodd Rodric ddeud wrth Mani mai ganddo fo roedd y sêt waetha yn y car, gan mai honno oedd y sêt leiaf a'r fwyaf anghyfforddus.

Wel, dyma fo'n dechrau strancio.

Yn y diwedd, cafodd Mam a Dad lond bol ar grio Mani. Dudodd Mam y basa'n rhaid i mi eistedd ar y lwmp yn y canol gan mai fi ydy'r plentyn canol ac felly bod hynny "ond yn deg". Felly bob tro roedd olwyn y car yn mynd drwy dwll yn y ffordd, roedd fy mhen i'n taro'r to.

Tua 2 o'r gloch ro'n i'n llwgu, felly mi ofynnais i Dad am gael stopio mewn bwyty cyflym. Ond gwrthod wnaeth Dad. Mae'n credu mai "ffyliaid" ydy pobl sy'n gweithio mewn llefydd felly.

A dwi'n gwybod pam. Yn y bwyty cyflym ger ein cartre ni, wrth i Dad drio archebu mae o wastad yn siarad efo'r bin sbwriel.

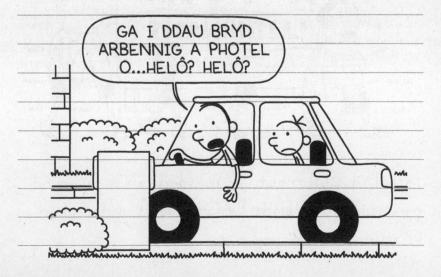

Mi welais i arwydd bwyty pitsa, ac mi ofynnais i'n daer am gael stopio yno. Ond roedd Mam wedi paratoi picnic o flaen llaw er mwyn arbed pres.

Ymhen hanner awr roeddan ni mewn maes parcio anferth, cyfarwydd iawn.

Parc Dŵr Llithrnant, lle roeddan ni'n arfer mynd pan oeddan ni'n blant BACH. Lle ar gyfer plant yr un oed â Mani ydy o.

Mae'n rhaid bod Mam wedi 'nghlywed i a Rodric yn griddfan yn y sêt gefn. Roeddan ni'n mynd i gael diwrnod gwych fel teulu, medda hi, a hwn fyddai uchafbwynt ein gwylia ha' ni.

Atgofion digon cas sy gen i o Barc Dŵr Llithrnant. Daeth Taid â fi yma unwaith a 'ngadael i drwy'r dydd ar fy mhen fy hun yn ymyl y llithren ddŵr. Mi ddudodd ei fod o'n mynd i ddarllen ei lyfr ac y basa fo'n dod i fy nôl i ymhen teirawr. Ond ches i ddim mynd ar unrhyw lithren ddŵr oherwydd yr arwydd wrth y fynedfa.

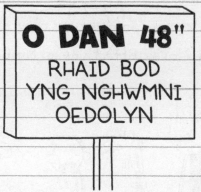

Ro'n i'n meddwl bod yn rhaid i ti fod yn 48 oed i fynd ar y llithren, ond mae'n debyg fod y ddwy linell fach yn ymyl y rhif yn golygu "modfedd".

Felly mi wastraffais i ddiwrnod cyfa yn disgwyl i Taid ddod i fy nôl i, ac yna roedd hi'n amser i ni adael.

Atgofion gwael sy gan Rodric hefyd am Barc Dŵr Llithrnant. Llynedd mi gafodd o a'r band eu bwcio i chwarae ar y llwyfan cerddoriaeth yn ymyl y pwll tonnau. Gofynnon nhw am gael peiriant mwg i greu effeithiau arbennig ar gyfer y sioe.

Ond wnaeth rhywun ddim gwrando. Ac yn hytrach na pheiriant mwg, peiriant SWIGOD gawson nhw.

Roedd 'na reswm pam ein bod ni wedi mynd i'r parc dŵr heddiw: roedd tocyn teulu yn hanner pris. Yn anffodus, roedd pob teulu yn y sir wedi clywed am y fargen ac wedi dod am dro.

Yn ymyl y giatiau, penderfynodd Mam ei bod isio llogi bygi rhag i Mani flino. Llwyddais i'w pherswadio hi i logi bygi dwbl, achos ro'n i'n gwybod bod diwrnod hir o'n blaenau ni ac ro'n inna isio cadw fy nerth.

Parciodd Mam y bygi yn ymyl y pwll tonnau, ond roedd cymaint o bobl yn y pwll doedd dim posib gweld y dŵr o gwbl. Ar ôl i ni roi eli haul ar y croen a dod o hyd i le i eistedd, mi deimlais i ddafnau o law yn syrthio arna i a chlywed taran fawr. Daeth llais dros yr uchelseinydd.

OHERWYDD MELLT A THARANAU, MAE PARC DŴR LLITHRNANT YN CAU. DIOLCH AM DDOD, MWYNHEWCH EICH DIWRNOD.

Rhuthrodd pawb at yr allanfa a neidio i'w ceir. Ond gan fod pawb yn trio gadael yr un pryd, roedd tagfeydd traffig am filltiroedd.

Triodd Mani ddiddanu pawb efo'i jôcs. Ac mi gafodd ymateb gan Mam a Dad.

Ond ar ôl 'chydig, doedd jôcs Mani ddim yn gwneud synnwyr o gwbl.

A ninnau'n brin o betrol, roedd yn rhaid i ni ddiffodd system awyru'r car a disgwyl i bawb arall adael y maes parcio.

Roedd gan Mam gur pen, felly mi aeth hi i'r cefn i orwedd. Ymhen rhyw awr roedd y traffig yn symud ac mi gyrhaeddon ni'r briffordd.

Mi stopion ni i gael petrol, a thua thri chwarter awr wedyn roeddan ni 'nôl adra. Dudodd Dad wrtha i am ddeffro Mam, ond pan edrychais i yng nghefn y car doedd Mam ddim yna.

Doedd neb yn gwybod lle roedd hi. Ond mi wawriodd arnon ni ma'r unig le posib oedd yr orsaf betrol. Rhaid ei bod hi wedi mynd allan o'r car i'r toiled yno heb i neb sylwi.

Ac ie, dyna lle roedd hi. Roeddan ni'n falch o'i gweld hi, ond dwi'm yn meddwl ei bod hi'n rhy hapus i'n gweld NI.

Ddudodd Mam ddim llawer o ddim byd ar y ffordd
'nôl. Heddiw, dwi'n ama ei bod hi wedi treulio digon
o amser efo'r teulu i bara am oes, ac mae hynny'n
beth da, achos dw inna hefyd.

Dydd Sul
Tasan ni heb fynd ar y trip i'r Parc Dŵr ddoe,
mi fasa 'mhysgodyn i dal yn fyw heddiw.

Ro'n i wedi ei fwydo cyn i ni gychwyn. Dudodd
Mam wrtha i am fwydo pysgodyn Rodric hefyd.
Roedd un Rodric mewn powlen ar ben yr oergell,
a dwi'n siŵr nad oedd o wedi'i fwydo na llnau'r
bowlen ers ei gael o.

113

Dwi'n meddwl bod pysgodyn Rodric yn bwyta'r algae oedd yn tyfu ar y gwydr.

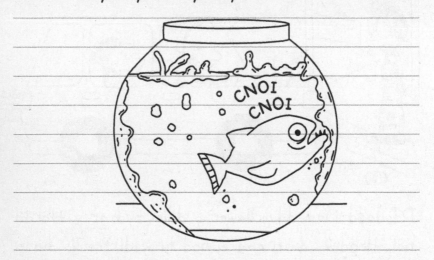

Pan welodd Mam bowlen Rodric, roedd hi'n meddwl ei fod o'n afiach. Felly mi symudodd hi ei bysgodyn o a'i roi i mewn yn fy mhowlen i.

Pan gyrhaeddon ni adra o'r parc dŵr, mi es i'n syth i'r gegin i fwydo 'mhysgodyn. Ond dim ond un Rodric oedd yno. A doedd be ddigwyddodd i fu'n i ddim yn ddirgelwch mawr.

Ches i ddim cyfle i alaru am y pysgodyn, oherwydd roedd hi'n Sul y Tadau heddiw ac roedd yn rhaid i ni i gyd fynd i gyfarfod Taid am ginio.

Mi dduda i un peth wrthat ti: os bydda i byth yn dad, wna i BYTH wisgo crys a thei a mynd i Hafod Hamdden ar Sul y Tadau. Mi af i i rwla ar fy mhen fy hun i gael HWYL. Ond roedd Mam yn meddwl ei bod hi'n syniad da i dair cenhedlaeth y teulu dreulio amser efo'i gilydd.

Sylwodd Dad arna i'n chwarae efo 'mwyd a gofyn be oedd yn fy mhoeni. Colli fy mhysgodyn, medda fi. Doedd Dad ddim yn gwybod be i'w ddeud, medda fo, achos doedd 'run o'i anifeiliaid anwes o erioed wedi marw.

Roedd ganddo fo gi bach o'r enw Cneuen pan oedd o'n fach, medda fo, ond mi redodd y ci i ffwrdd i fferm bilipalod.

Dwi wedi clywed Dad yn adrodd y stori am Cneuen a'r fferm bilipalod ganwaith, ond do'n i ddim am fod mor haerllug â thorri ar ei draws.

Yna mi ddudodd Taid fod ganddo fo "gyfaddefiad" i'w wneud. Doedd Cneuen ddim wedi rhedeg i ffwrdd i fferm bilipalod o gwbl. FO fagiodd y car dros y ci ar ddamwain y tu allan i'r tŷ.

SGLEFRFWRDD FFRANC OEDD HWNNA?

Taid oedd wedi creu'r stori am y fferm bilipalod er
mwyn osgoi deud y gwir wrth Dad, ond roedd o'n
ddigon hen i chwerthin am y peth erbyn hyn.

Aeth Dad yn HONCO. Mi heliodd o ni i gyd i'r
car, ac mi gafodd Taid dalu am fwyd pawb. Ddudodd
Dad ddim byd ar y ffordd adra. Gollyngodd ni y tu
allan i'r tŷ a gyrru i ffwrdd ar ei ben ei hun.

Roedd Dad yn hir yn dod 'nôl, ac ro'n i wedi
dechra meddwl ei fod o am dreulio gweddill y diwrnod
ar ei ben ei hun. Ond ymhen awr mi gyrhaeddodd
o adra efo bocs cardfwrdd mawr yn ei freichia.

Gosododd Dad y bocs ar y llawr, a choeli di fyth, CI oedd yn y bocs.

Doedd Mam ddim yn hapus bod Dad wedi mynd i brynu ci heb drafod efo hi'n gynta. Dwi'm yn meddwl bod Dad erioed wedi prynu pâr o drôns hyd yn oed heb drafod hynny efo Mam ymlaen llaw. Ond dwi'n meddwl ei bod hi'n gallu gweld bod y ci wedi gwneud Dad yn hapus unwaith eto.

Amser swper, gofynnodd Mam be oeddan ni'n mynd i'w alw fo.

Ro'n i isio'i alw o'n Llarpiwr neu Brathwr neu rwbath cŵl felly, ond roedd Mam yn meddwl bod fy syniada i'n rhy "dreisgar".

Roedd syniada Manu'n ofnadwy. Roedd o isio galw'r ci yn Eliffant neu Sebra.

Roedd Rodric yn licio'r syniad o roi enw anifail iddo fo, ac roedd o'n meddwl y dylian ni ei alw fo'n Pws.

Roedd Mam yn meddwl y dylen ni ei alw fo'n Calon. Ro'n i'n meddwl bod hynny'n syniad gwirion iawn, achos HOGYN ydy'r ci, nid hogan.

Ond cyn i ni gael cyfle i wrthwynebu, roedd Dad wedi cytuno efo Mam.

Dw'n meddwl y basa Dad wedi cytuno efo unrhyw enw y basa Mam wedi'i gynnig dim ond er mwyn cael cadw'r ci. Ond dwi'm yn meddwl y bydd Yncl Joe yn hoff iawn o enw'r ci pan glywith o.

Gofynnodd Dad i Rodric fynd i'r dre i brynu powlen i'r ci a chael ei enw wedi'i brintio arni. Dyma'r bowlen ddaeth Rodric yn ôl i'r ci —

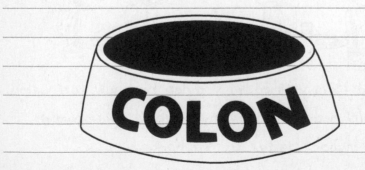

Dad oedd ar fai am anfon sillafwr gwaetha'r teulu ar neges.

<u>Dydd Mercher</u>
Ro'n i wrth fy modd efo'r ci ar y dechra, ond dwi 'di ailfeddwl erbyn hyn.

Mae'r ci yn fy ngyrru i'n wallgo. Y noson o'r blaen mi ddaeth hysbyseb ar y teledu, ac roedd o'n dangos cwningod yn neidio i mewn ac allan o'u tyllau. Roedd Calon yn dangos diddordeb mawr yn hynny, felly meddai Dad —

Roedd Calon wedi cynhyrfu, ac mi ddechreuodd gyfarth ar y teledu.

Rŵan, mae Calon yn cyfarth ar y teledu DRWY'R
AMSER, a'r unig dro mae o'n peidio ydy pan mae'r
hysbyseb efo'r cwningod yn ymddangos.

Ond be sy'n fy ngwylltio i hyd yn oed yn fwy
ydy'r ffaith fod y ci yn licio cysgu ar fy ngwely i,
ac mae gen i ofn y bydd o'n trio 'mrathu i os ro' i
gynnig ar ei symud o.

Ac yn waeth na hynny, mae o'n mynnu cysgu reit
ar ganol y gwely.

Mae Dad yn dod i mewn i fy stafell i am 7 o'r gloch bob bora er mwyn mynd â Calon allan am dro. Ond mae gen i a'r ci un peth yn gyffredin – does 'run ohonon ni'n licio codi o'r gwely. Felly mae Dad yn chwarae efo swits y golau er mwyn trio deffro'r ci.

Ddoe, roedd Dad yn cael trafferth i gael Calon i fynd allan, felly mi roddodd o gynnig ar rwbath gwahanol. Aeth o at y drws ffrynt a chanu'r gloch. Saethodd y ci oddi ar y gwely fel roced.

Ond yn anffodus mi giciodd y ci fi yn fy wyneb yn y broses.

Mae'n rhaid ei bod hi'n bwrw glaw bora 'ma achos pan ddaeth Calon yn ôl i'r tŷ roedd o'n crynu ac yn wlyb socian. Mi driodd o ddod o dan y dillad gwely ataf fi er mwyn cynhesu. Diolch byth, mae'r llaw fwdlyd wedi fy mharatoi i ar gyfer achlysuron fel hyn, felly mi lwyddais i'w rwystro fo.

Dydd Iau

Fore heddiw, methodd Dad â chael y ci i ddod o
'ngwely i er ei fod o wedi trio POPETH. Awr ar ôl
iddo fynd i'w waith, mi ges i 'neffro gan Calon.
Roedd o isio mynd allan. Lapiais i flanced amdanaf
a sefyll yn y drws ffrynt yn disgwyl iddo fo
wneud ei fusnes. Ond roedd gan y ci syniad arall ac
fe'i heglodd hi i lawr y stryd, a finna ar ei ôl o.

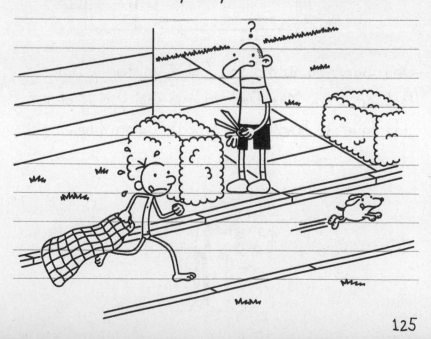

Ti'n gwbod be, ro'n i'n eitha mwynhau fy ngwylia cyn i Calon ddod i 'mywyd i. Mae o'n llwyddo i ddarfu ar y ddau beth sy bwysicaf i mi: gwylio teledu a chysgu.

Mae Dad wastad yn cwyno os ydw i'n diogi drwy'r dydd, ond mae Calon yn llawer gwaeth na fi am wneud hynny. Mae Dad wedi MOPIO'I BEN efo'r ci.

Ond dwi'm yn meddwl bod Calon yn teimlo 'run fath am Dad. Mae Dad yn trio cael y ci i roi sws iddo fo ar ei drwyn, ond wneith Calon ddim.

Mi alla i ddallt pam dydy'r ci ddim yn rhy hoff o Dad.

Yr unig berson mae Calon wir yn ei licio ydy Mam, er nad ydy hi'n dangos mymryn o ddiddordeb ynddo fo, bron. Ac mae hynny'n dechra gwylltio Dad yn ara bach.

Mae Calon yn hoff o'r lêdis. A dyna rwbath arall sy'n gyffredin rhyngon ni'n dau.

MIS GORFFENNAF

<u>Dydd Sadwrn</u>

Neithiwr ro'n i'n gweithio ar stribed cartŵn i gymryd lle "Ciwti Fach". Dwi'n siŵr y bydd cystadleuaeth danbaid ar gyfer y swydd, felly ro'n i isio meddwl am syniad cwbl unigryw. Mi wnes i gartŵn o'r enw "Helô, Bobol!" sy'n hanner cartŵn a hanner colofn rhoi cynghor – cartŵn i wneud y byd yn lle gwell, neu o leia'n lle'n gwell i MI.

Gan fod Dad yn darllen y cartwnau, meddyliais i y basa'n syniad i mi greu rhai yn benodol ar ei gyfer o.

Taswn i wedi cael llonydd mi faswn i wedi creu pentwr o gartwnau neithiwr, ond roedd Calon yn fy ngyrru i'n dwl-lal, felly fedrwn i ddim canolbwyntio.

Pan o'n i'n tynnu lluniau, roedd y ci yn gorwedd ar fy ngobennydd i yn llyfu ei bawennau a'i gynffon gydag arddeliad.

LLYFU
LLYFU

Pan mae Calon yn gwneud hynny, mae'n rhaid i mi gofio troi'r gobennydd drosodd cyn mynd i gysgu. Neithiwr mi anghofiais i, ac mi rois i 'mhen yng nghanol y patsyn gwlyb.

Gan 'mod i'n sôn am lyfu, mi roddodd Calon ei sws gynta i Dad neithiwr. Mae'n siŵr mai oherwydd bod ogla creision arno fo y gwnaeth o. Mae cŵn yn ymateb i betha felly.

LLYFU

Fedrwn i ddim difetha'r foment i Dad drwy ddeud wrtho fod Calon newydd fod yn llyfu'i ben-ôl am hanner awr wrth eistedd ar fy ngobennydd i.

Beth bynnag, dwi'n gobeithio y ca i lonydd i greu mwy o gartwnau heno, achos cha i ddim cyfle i wneud dim byd fory. Mae Mam wedi penderfynu ein bod ni, fel teulu, yn mynd i bwll nofio'r dre.

Dwi wedi trio pob ffordd i osgoi mynd, yn bennaf gan nad ydw i isio gorfod gweld y dynion yn y gawod. Ond dwi'n meddwl bod Mam yn gweddïo am un diwrnod perffaith i ni fel teulu cyn diwedd yr ha', felly does dim diben i mi brotestio.

<u>Dydd Llun</u>

Diwrnod i'w anghofio oedd heddiw i mi. Pan gyrhaeddais i'r pwll nofio, mi wnes i drio rhuthro drwy'r stafell cawodydd. Ond roedd y dynion yn y gawod isio sgwrsio ac felly mi arafodd hynny rywfaint arna i.

Yna mi gofiodd Mam ei bod hi wedi gadael ei sbectol haul yn y car, felly roedd yn rhaid i fi fynd 'NÔL drwy'r stafell cawodydd i fynd i'r maes parcio i'w nôl hi. Gwisgais i sbectol haul Mam ar y ffordd 'nôl er mwyn dangos yn glir i'r dynion nad o'n i isio sgwrsio efo nhw, ond weithiodd hynny ddim chwaith.

Wir yr, fasa'n well gen i tasa'r dynion 'na yn
cymryd cawod adra cyn dod i'r pwll nofio. Achos
unwaith rwyt ti'n gweld rhywun heb ddillad, mae
hi'n anodd iawn edrych arno fo yn yr un ffordd
byth eto.

Ar ôl mynd drwy'r stafell cawodydd, aeth petha o ddrwg i waeth. Roedd y pwll nofio yn union fel ro'n i'n ei gofio, dim ond bod mwy o bobl nag arfer yma heddiw. Mae'n rhaid bod pawb wedi cael yr un syniad o ddod i'r pwll nofio yr un pryd.

Yr unig dro y buodd y pwll yn eitha gwag oedd pan waeddodd yr achubwr bywyd bod egwyl o chwarter awr a bod angen i'r holl blant ddod allan o'r pwll.

Dwi'n meddwl mai'r syniad y tu ôl i'r egwyl ydy rhoi cyfle i'r oedolion fwynhau, ond mae hyn yn amhosib efo tri chant o blant yn ysu am gael neidio yn ôl i mewn i'r dŵr.

Pan o'n i'n llai, ro'n i'n arfer mynd i'r pwll plant
bach yn ystod yr egwyl o chwarter awr, ond
roedd hynny cyn i mi ddarganfod beth oedd yn
digwydd yn fanno.

MAMI, DWI
WEDI PI-PI!

Yr unig ran o'r pwll oedd yn llai prysur oedd y pen
dwfn, a dyna lle mae'r byrddau deifio. Dwi ddim
wedi bod yn y pen dwfn ers o'n i'n wyth oed, pan
wnaeth Rodric fy mherswadio y basa'n syniad da i
neidio oddi ar y bwrdd deifio ucha.

Roedd Rodric o hyd yn trio 'nghael i i neidio o'r top, ond roedd yr uchder yn codi ofn arna i. Mi ddudodd o wrtha i fod angen i mi goncro fy ofn neu faswn i byth yn tyfu'n ddyn.

Yna, un diwrnod, dyma Rodric yn deud wrtha i fod 'na glown ar y bwrdd deifio ucha a'i fod o'n rhoi teganau am ddim. Daliodd hynny fy sylw'n syth.

Ond erbyn i mi sylweddoli mai deud celwydd roedd Rodric, roedd hi'n rhy hwyr.

Beth bynnag, roeddan nhw'n cynnig melon dŵr am ddim i bawb yng nghaffi'r pwll nofio heddiw ac mi aeth Mam â ni yno.

Ond mae gen i ofn melon dŵr, hefyd. Yn ôl Rodric, os wyt ti'n bwyta'r hadau bydd 'na felon dŵr yn tyfu yn dy fol di.

Does gen i'm clem ydy o'n deud y gwir ai peidio, ond mi fydd yr ysgol yn ailddechra toc, a dwi ddim yn fodlon cymryd y risg.

Pan ddechreuodd hi dywyllu, gosododd pawb eu blancedi ar y lawnt er mwyn gwylio'r arddangosfa tân gwyllt. Buon ni'n syllu ar yr awyr am amser maith, ond doedd dim byd yn digwydd.

Yna, daeth cyhoeddiad dros yr uchelseinydd i ddeud bod yr arddangosfa wedi'i chanslo. Roedd rhywun wedi gadael y tân gwyllt allan yn y glaw neithiwr ac roeddan nhw'n socian. Dechreuodd rhai o'r plant bach grio, felly rhoddodd ambell oedolyn gynnig ar greu eu sioe dân gwyllt eu hunain.

Yn lwcus, mi ddechreuodd arddangosfa tân gwyllt y clwb hamdden tua'r un pryd. Doedd hi ddim yn hawdd gweld dros y coed, ond erbyn hynny roedd pawb wedi colli amynedd beth bynnag.

Tra o'n i'n eistedd wrth fwrdd y gegin yn fflicio drwy gomics bora 'ma, mi fuodd bron i mi dagu ar fy mrecwast.

Hysbyseb dychwelyd-i'r-ysgol oedd yna, a doedd dim modd i unrhyw blentyn fethu ei gweld.

DYCHWELYD I'R YSGOL
Sêl Fawr!

Gostyngiadau ar: drowsusau, siwmperi, crysau, sgertiau, dillad isaf a llawer, llawer mwy!

YN SIOP MORUS!

50% I FFWRDD

Fedra i ddim coelio ei bod hi'n GYFREITHLON rhoi hysbyseb dychwelyd-i'r-ysgol mewn comic ddeufis cyn dechra'r tymor. Mae pwy bynnag sy'n gyfrifol am yr hysbyseb yn casáu plant.

Dwi'n siŵr y bydd rhagor o hysbysebion dychwelyd-i'r-ysgol cyn bo hir ac, ymhen dim o dro, mi fydd Mam yn deud ei bod hi'n amser mynd i siopa am ddillad. Ac i Mam mae hynny'n golygu diwrnod cyfan.

Felly mi ofynnais i Mam faswn i'n cael mynd efo Dad i siopa dillad 'leni, ac mi gytunodd hi. Mae'n rhaid ei bod hi'n meddwl ei fod o'n gyfle heb ei ail i ni'n dau gael bondio efo'n gilydd.

Ond mi ddudis i wrth Dad am fynd ar ei ben ei hun a dewis dillad ar fy rhan i.

Syniad TWP go iawn oedd hynny, achos mae Dad yn gwneud ei holl siopa yn y fferyllfa.

Ro'n i wedi cael diwrnod gwael cyn i mi hyd yn oed weld yr hysbyseb. Roedd hi'n bwrw glaw eto bora 'ma, felly mi driodd Calon ddod i mewn i'r gwely ata i ar ôl bod am dro efo Dad.

Mae'n rhaid 'mod i'n hanner cysgu, achos mi lwyddodd y ci i ddod o hyd i fwlch rhwng y cynfas a'r gwely a dod o dan y dillad ata i.

A chreda di fi, does 'na ddim byd gwaeth na bod yn sownd o dan y dillad gwely yn gwisgo dim byd ond trôns efo ci gwlyb yn dy boenydio di.

Ro'n i mewn hwylia drwg oherwydd y ci a'r hysbyseb dychwelyd-i'r-ysgol ond mi wellodd petha wedyn. Roedd Mam wedi gadael lluniau o ymweliad ddoe â'r pwll nofio ar y bwrdd.

Roedd hi'n bosib gweld achubwr bywyd yng nghefndir un llun. Er na fedrwn weld yn glir, roedd hi'n edrych fel Heledd Hills.

Roedd y pwll mor brysur ddoe fel na ches i gyfle i sylwi ar yr achubwyr bywyd. Os mai Heledd Hills OEDD yn y llun, sut gwnes i ei methu hi?

Mae Heledd Hills yn chwaer i Heulwen Hills, sef pishyn fy nosbarth i. Ond mae Heledd yn y CHWECHED DOSBARTH, sy'n ei rhoi hi mewn cae gwahanol i genod fy mlwyddyn i.

Mae'r busnes Heledd Hills 'ma wedi newid fy agwedd at y pwll. Dwi wedi dechra ailfeddwl sut dwi am dreulio gweddill yr HA'. Mae'r ci wedi difetha bywyd adra, ac mae peryg na lwydda i i wneud unrhyw beth o werth drwy'r gwylia.

BOW WOW
BOW WOW
BOW WOW

Felly, o fory 'mlaen, rhaid i mi newid fy agwedd. A chyn i mi fynd yn ôl i'r ysgol mi fydd gen i gariad sy'n y chweched dosbarth, gobeithio.

Dydd Mercher

Roedd Mam yn falch iawn 'mod i wedi mynd i'r pwll nofio efo hi a Mani heddiw, ac yn falch iawn 'mod i wedi penderfynu rhoi'r teulu yn gynta yn lle rhyw gêmau fideo, medda hi. Wnes i ddim sôn am Heledd Hills achos y peth ola dwi isio ydy Mam yn rhoi ei phig i mewn yn fy mywyd carwriaethol i.

PWLL
NOFIO

Pan gyrhaeddon ni, ro'n i isio mynd yn syth at ochr y pwll i weld a oedd Heledd yn gweithio heddiw. Ond wedyn, mi sylweddolais ei bod hi'n well i mi ymbaratoi rhag ofn ei bod hi.

Felly, es i ar funion i'r toiledau a rhwbio eli haul dros fy nghorff. Yna, er mwyn dangos fy nghyhyrau, mi wnes i dipyn o ymarfer corff.

Ro'n i wedi bod yno am tua deg munud, yn edmygu fy nghorff, pan glywais sŵn yn dod o'r ciwbicl.

146

Es i'n goch fel tomato, achos mae'n rhaid bod pwy bynnag oedd yn y ciwbicl wedi bod yn fy ngwylio i'n edmygu fy nghorff yn y drych. Ac mae'n rhaid ei fod o isio llonydd er mwyn gallu mynd i'r tŷ bach mewn heddwch.

Ond o leiaf roedd pwy bynnag oedd yn y ciwbicl yn methu gweld fy wyneb i, felly doedd o ddim yn gwybod pwy o'n i. Ro'n i ar fin sleifio'n dawel o'r toiledau pan glywais i lais Mam o'r tu allan i'r drws yn gweiddi.

GREG? GREG HEFFLEY? WYT TI YNA O HYD?

Roedd Mam isio gwybod be o'n i wedi bod yn ei neud cyhyd a pham 'mod i'n "sgleinio" cymaint, ond roedd fy llygaid yn chwilio seddi'r achubwyr bywyd rhag ofn bod Heledd Hills ar ddyletswydd.

Ac yn siŵr i ti, dyna lle roedd hi. Es i draw ati a sefyll o dan ei chadair gwylio.

Bob hyn a hyn ro'n i'n gwneud sylw ffraeth, a dwi'n siŵr 'mod i'n llwyddo i greu argraff arni.

Ro'n i'n mynd i nôl cwpan arall o ddŵr i Heledd pan oedd angen, a phob tro roedd plentyn yn gwneud rhwbath na ddylai o ro'n i'n rhoi cerydd iddo er mwyn arbed llais Heledd.

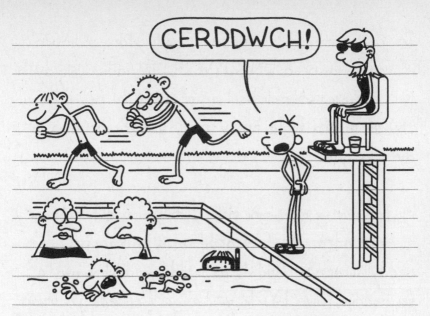

Pan oedd dyletswydd Heledd yn dod i ben ar un orsaf, ro'n i'n ei dilyn hi i'r orsaf nesa. Wrth y bedwaredd orsaf roedd Mam yn eistedd. A chreda di fi, mae hi'n anodd creu argraff ar genod pan mae dy fam di o fewn clyw.

Dwi'n gobeithio bod Heledd yn sylweddoli y baswn i'n fodlon gwneud UNRHYW BETH iddi. Os ydy hi isio i rywun rwbio eli haul ar ei chefn hi neu ddal ei thywel hi tra bydd hi'n y pwll, yna fi 'di'r dyn ar gyfer y job.

Mi fues i yng nghwmni Heledd tan ei bod hi'n amser i ni fynd adra. Ar fy ffordd adra ro'n i'n hel meddyliau ac yn meddwl, os bydd gweddill y gwylia fel heddiw, hwn FYDD yr ha' gora erioed, yn union fel ddudodd Mam. A deud y gwir, yr unig beth all sbwylio petha rŵan ydy'r hen law fwdlyd wirion 'na. Dwi'n siŵr y bydd hi'n ymddangos ar yr adeg fwyaf anghyfleus ac yn difetha popeth i mi.

150

Dydd Mercher

Dwi wedi bod yn treulio amser yng nghwmni Heledd bob diwrnod ers wythnos.

Dwi'n sylweddoli na fydd fy ffrindia i yn yr ysgol yn fy nghoelio pan ddeuda i amdana i a Heledd, felly dyna pam gofynnis i i Mam dynnu llun ohona i'n sefyll yn ymyl cadair yr achubwr bywyd.

Doedd Mam ddim wedi dod â'i chamera felly roedd yn rhaid iddi ddefnyddio'i ffôn symudol. Ond roedd hi'n methu gwneud na thin na phen o'r camera ar ei ffôn, ac mi fues i'n sefyll yna fel lemon am amser hir yn disgwyl amdani.

PWYSWCH...
Y BOTWM...
BACH...
GWYRDD!

?

O'r diwedd, pan lwyddodd Mam i dynnu llun, roedd y camera'n wynebu'r ffordd anghywir ac mi dynnodd hi lun ohoni'i hun. Ti'n gweld, mae technoleg yn cael ei gwastraffu ar oedolion.

Pan o'n i wedi llwyddo i gael Mam i bwyntio'r camera ata i, mi ganodd ei ffôn hi ac mi atebodd yr alwad.

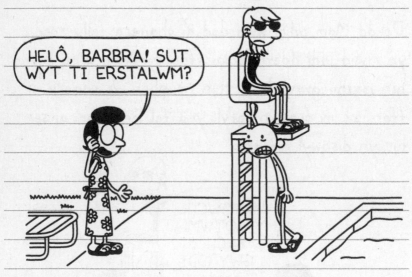

Mi fuodd Mam yn siarad am fwy na phum munud, ac erbyn iddi orffen, roedd Heledd wedi symud at ei gorsaf nesa. Ond mi dynnodd Mam lun yn union yr un fath.

CLIC

Dydd Gwener

Mae gorfod dibynnu ar Mam am lifft i'r pwll nofio yn dechra troi'n broblem. Dydy Mam ddim isio mynd i'r pwll nofio bob dydd, a phan mae hi ISIO mynd, dydy hi ddim am aros yno am oriau.

Dwi isio bod yno y peth cynta wrth i'r pwll agor a gadael pan fydd o'n cau er mwyn treulio cymaint o amser ag sy'n bosib efo Heledd. A dydw i ddim mor wirion â gofyn i Rodric am lifft yn ei fan achos dwi'n cael fy ngorfodi i fynd i'r cefn bob tro, a does 'na ddim seddi yn fanno.

Ro'n i angen cael ffordd o deithio yno'n ANNIBYNNOL, ac mi ddois i o hyd i'r ateb ddoe.

Roedd un o'r cymdogion wedi gadael beic yn ymyl y biniau sbwriel ac ailgylchu, ac mi es i ag o cyn i unrhyw un arall ei fachu o.

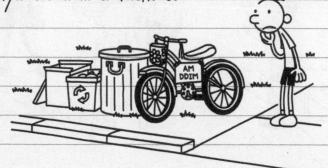

Mi reidiais i'r beic adra a'i barcio yn y garej. Pan welodd Dad o, mi ddudodd o mai "beic hogan" oedd o ac y dyliwn i gael gwared ohono fo.

Ond mi ro' i ddau reswm i ti pam mae beic hogan yn well na beic hogyn. Yn gynta, mae seddi beiciau genod yn fwy cyfforddus, ac mae hynny'n bwysig pan wyt ti'n seiclo yn dy drowsus nofio.

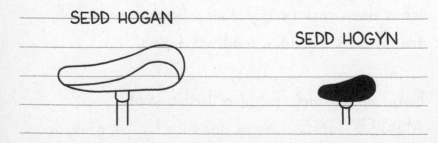

SEDD HOGAN

SEDD HOGYN

154

Ac yn ail, ar feic hogan mae 'na fasged sy'n
andros o handi i gario gêmau cyfrifiadur ac eli haul.
Ond hefyd, mae 'na gloch ar y beic sy'n handi
IAWN.

Dydd Llun

Mi ddylwn i fod wedi dyfalu na fasa beic oedd
yng nghanol sbwriel yn para'n hir.

Wrth i mi reidio adra o'r pwll nofio ddoe, mi
ddechreuodd y beic fynd i bob cyfeiriad. Yna,
dyma'r olwyn flaen yn syrthio i ffwrdd. Felly
heddiw roedd yn rhaid i mi ofyn i Mam am lifft
i'r pwll nofio eto.

Pan gyrhaeddon ni, mynnodd Mam 'mod i'n mynd â Mani efo fi i stafell newid y dynion. Mae o'n rhy hen i fynd efo hi i stafell newid y merched erbyn hyn, meddai hi. Mae'n rhaid bod ganddyn nhw stafell cawodydd yn fanno hefyd.

Dim ond pum eiliad ddylai hi fod wedi'i gymryd i fi hebrwng Mani o un pen i'r stafell newid i'r llall, ond mi gymerodd hi tua deg munud mewn gwirionedd.

Mae Mani wedi arfer mynd i bob man efo Mam, felly doedd o erioed wedi BOD yn stafell newid y dynion o'r blaen. Roedd o'n chwilfrydig iawn ac isio gweld pob dim. Mi fu'n rhaid i mi ei rwystro fo rhag golchi ei ddwylo yn yr iwreinal – mae'n rhaid ei fod o'n meddwl mai sinc oedd o.

Do'n i ddim isio i Mani orfod cerdded drwy'r stafell cawodydd a gweld y petha dwi wedi'u gweld. Felly mi estynnais i dywel o 'mag efo'r bwriad o'i roi o dros lygaid Mani pan oeddan ni'n cerdded heibio i'r dynion yn y gawod. Ond chymerodd hi ond dwy eiliad i Mani ddiflannu pan o'n i'n estyn y tywel o 'mag. A chredi di byth lle dois i o hyd iddo fo.

Ro'n i'n gwybod ei bod hi'n rhaid i mi achub Mani, felly mi gaeais i fy llygaid yn dynn, dynn a mynd i wneud fy nyletswydd fel brawd mawr.

Roedd gen i lond twll o ofn y baswn i'n cyffwrdd yn un o'r dynion yn y gawod, ac am eiliad ro'n i'n ofni 'mod i wedi gwneud hynny.

Roedd yn rhaid i mi agor fy llygaid er mwyn dod o hyd i Mani, mi afaelais i ynddo fo a'i lusgo o'no mor sydyn ag oedd yn bosib.

Pan gyrhaeddon ni'r pwll, roedd Mani'n hollol iawn, ond dwi'm yn meddwl y bydda i byth yn dod dros y profiad yna.

Ro'n i'n wan pan gyrhaeddais y gadair achubwr
bywyd lle roedd Heledd yn eistedd. Yna ar ôl
anadlu'n ddwfn mi ddois i ataf fy hun.

O fewn pum munud roedd rhyw blentyn oedd wedi
bwyta gormod o hufen iâ wedi chwydu y tu ôl i
gadair Heledd. Edrychodd Heledd y tu ôl iddi ac
yna mi sbiodd hi arna i fel tasa hi'n disgwyl i mi
sortio popeth. Mae'n siŵr y basa gŵr bonheddig wedi
clirio'r llanast ar ei rhan hi, ond roedd hyn yn
ormod o dasg hyd yn oed i rywun mor ffyddlon â fi.

A deud y gwir, dwi wedi bod yn meddwl tipyn yn
ddiweddar, a dwi wedi sylweddoli bod angen pwyllo
'chydig efo'r garwriaeth yma.

Ond yn ogystal, mae Heledd yn mynd i'r coleg y flwyddyn nesa a dydy carwriaethau-o-bell byth yn para.

MIS AWST

Dydd Mawrth

Pwy welson ni yn yr archfarchnad heddiw ond Roli a'i deulu. Dydw i a Roli ddim wedi siarad ers dros fis, felly roedd hi'n sefyllfa go annifyr.

Roedd eu clywed nhw'n sôn eu bod yn prynu bwyd ar gyfer trip i lan y môr yr wythnos nesa yn dân ar fy nghroen – dyna lle roedd fy NHEULU I i fod i fynd yr ha' ma. Yna medda Mrs Jefferson:

Doedd ei gŵr ddim i'w weld yn hapus efo'r syniad, ond dyma Mam yn rhoi ei phig i mewn.

Roedd 'na ryw ddrwg yn y caws yn rhwla. Dwi'n dechra ama fod yr holl beth wedi'i drefnu o flaen llaw rhwng Mam a Mrs Jefferson, er mwyn trio 'nghael i a Roli 'nôl yn ffrindia.

Creda di fi, Roli ydy'r person OLA dwi isio treulio wythnos yn ei gwmni o. Ond wedyn mi wnes i sylweddoli mai'r unig gyfle ga i i reidio'r Pendonciwr eleni ydy trwy fynd efo teulu Roli i lan y môr. Felly falla y daw 'na haul ar fryn eto.

<u>Dydd Llun</u>
Ro'n i'n gwybod mai camgymeriad oedd dod ar y trip i lan y môr pan welais i lle roeddan ni'n aros.

Mae fy nheulu i bob tro'n rhentu fila yn agos i'r traeth, ond mae teulu Rolin aros mewn caban pren, ac mae o tua phum milltir o lan y môr. Pan aethon ni i mewn i'r caban, doedd dim teledu na chyfrifiadur na DIM BYD efo sgrin ar gyfyl y lle.

Pan ofynnais i beth oeddan ni i fod i'w wneud am hwyl, ateb Mrs Jefferson oedd —

DARLLEN LLYFR, WRTH GWRS

Ro'n i'n meddwl mai tynnu coes oedd hi. Ro'n i ar fin deud wrth Roli fod ei fam o'n gês a hanner pan roddodd hi lyfr darllen i mi.

Ac mae hynny'n CADARNHAU mai cynllwyn ar y cyd efo Mam oedd hyn o'r dechra.

Treuliodd Roli a'i rieni weddill y pnawn yn darllen eu llyfrau nes ei bod hi'n amser swper. Roedd y swper yn OCÊ, ond roedd y pwdin yn afiach. Mae Mrs Jefferson yn un o'r mamau hynny sy'n trio cael pawb i fwyta bwyd iach, felly cacen sbigoglys ges i ganddi.

Dwi'm yn meddwl bod torri llysiau'n fân a'u rhoi nhw mewn pwdin yn syniad da o gwbl, achos wedyn dydy plant ddim yn gwybod sut mae'r bwyd go iawn i fod i flasu.

Y tro cynta y cafodd Roli gacen gyffredin oedd yn ein tŷ ni, ac mi wnaeth o lanast go iawn.

Ar ôl swper mi alwodd Mrs Jefferson arnon ni i ddod i'r stafell fyw i chwarae gêmau. Dydy rwbath hawdd fel gêm o gardiau ddim y math o gêm mae teulu Roli yn ei chwarae.

Pan ddaeth fy nhro i i chwarae gêm "Dwi'n Dy Garu Di Oherwydd", mi wrthodais i.

Wedyn mi chwaraeon ni "charades", a phan ddaeth tro Roli roedd o'n cogio bod yn gi.

Tua 9 o'r gloch dudodd Mr Jefferson ei bod hi'n amser gwely. Dyna pryd y ces i wybod am y trefniant cysgu ac roedd hwnnw'n waeth na'r adloniant.

Dim ond un gwely oedd 'na. Mi ddudis i wrth Roli fod yn rhaid taro bargen: y basan ni'n taflu ceiniog, ac un ohonon ni'n cysgu yn y gwely a'r llall ar y llawr.

Ond ar ôl i Roli gymryd un cipolwg ar y carped budr ar lawr y stafell wely, doedd arno fo ddim awydd taflu ceiniog. Do'n inna ddim yn fodlon cysgu ar lawr chwaith. Felly mi wnes i rannu'r gwely efo Roli ond gan gadw mor bell ag y gallwn i oddi wrtho fo.

CH CH CH CH

Cyn pen dim roedd Roli'n chwyrnu, ond ro'n i'n cael trafferth mynd i gysgu gan fod hanner fy nghorff i'n hongian oddi ar y gwely. A phan o'n i ar fin syrthio i drwmgwsg mi roddodd Roli sgrech fel petai rhywun yn ymosod arno fo.

Am eiliad ro'n in meddwl bod y llaw fwdlyd wedi dod o hyd i ni.

Rhedodd rhieni Roli i mewn i'r stafell i gael gweld beth oedd yn bod.

Roedd Roli wedi cael hunllef bod iâr yn cuddio odano fo.

Felly treuliodd rhieni Roli ugain munud yn ceisio'i
dawelu a'i sicrhau mai dim ond hen freuddwyd gas
oedd hi ac nad oedd 'na iâr yn y stafell o gwbl.

Wnaeth neb gymryd sylw ohona i, a finna newydd
syrthio ar fy wyneb ar lawr.

Treuliodd Roli weddill y noson yn stafell wely ei
rieni, a doedd dim ots gen i am hynny. Heb Roli a'i
hunllefau am iâr, mi ges i noson iawn o gwsg.

Dydd Mercher
Dwi wedi bod yn sownd yn y caban pren 'ma ers
tridiau erbyn hyn, a dwi'n dechra mynd yn wallgo.

Dwi wedi bod yn trio perswadio Mr a Mrs Jefferson i fynd â ni am dro i'r pier, ond maen nhw'n deud ei bod hi'n rhy "swnllyd" yno.

Dwi erioed wedi gorfod gwneud heb deledu na chyfrifiadur na gêmau o'r blaen, ac mae hyn yn fy ngwneud i'n sâl. Pan mae Mr Jefferson yn gweithio gyda'r nos ar ei liniadur, dwi'n sleifio i'r stafell fyw i'w wylio fo wrthi dim ond er mwyn cael cipolwg ar y byd y tu allan i'r caban 'ma.

Dwi wedi ymbil ar Mr Jefferson ddwywaith neu dair i gael defnyddio'i liniadur o, ond mae o'n defnyddio'r esgus mai "cyfrifiadur gwaith" ydy o a dydy o ddim am i mi wneud llanast. Neithiwr ro'n i wedi cyrraedd pen fy nhennyn, felly mi wnes i rwbath mentrus.

Pan gododd Mr Jefferson i ddefnyddio'r tŷ bach, mi wnes i achub ar y cyfle.

Mi luniais i ebost yn frysiog i Mam, ac yna rhedeg i fyny'r grisia i'r gwely.

I: **Heffley, Susan**
PWNC: **SOS**

HELP HELP DEWCH I FY NÔL I MAE'R BOBL YMA'N FY NGYRRU I'N WALLGO

Pan ddois i lawr i gael fy mrecwast fore heddiw, doedd Mr Jefferson ddim yn rhy falch o 'ngweld i.

Mae'n debyg 'mod i wedi anfon y neges i Mam o gyfrif ebost gwaith Mr Jefferson, ac roedd Mam wedi ateb yr ebost.

I: Jefferson, Robert
PWNC: ATB: SOS

Mae gwylia yn gallu bod yn dreth ar bawb! Ydy Greg yn bihafio?

- Susan

Ro'n i wir yn meddwl bod Mr Jefferson yn mynd i ffrwydro, ond ddudodd o ddim byd o gwbl. Yna, mi awgrymodd Mrs Jefferson falla y gallen ni fynd am dro bach i'r pier yn ystod y pnawn am awr neu ddwy.

Wel, dyna'r cyfan ro'n i ei isio o'r cychwyn cynta. Dim ond 'chydig o oria call.

Os ca i fynd ar y Pendonciwr unwaith, fydd y trip yma ddim wedi bod yn wastraff amser llwyr.

Dydd Gwener

Dwi 'nôl adra o 'ngwylia ddau ddiwrnod yn gynt nag o'n i i fod, ac os wyt ti isio gwybod pam, mae hi'n stori hir.

Aeth Mr a Mrs Jefferson â fi a Roli i'r pier bnawn ddoe. Ro'n i isio mynd ar y Pendonciwr yn syth bìn, ond roedd y ciw yn rhy hir, felly fe benderfynon ni fynd i chwilio am fwyd a dod 'nôl yno'n hwyrach.

Mi gawson ni hufen iâ, ond dim ond un côn roedd Mrs Jefferson wedi'i brynu ac roedd disgwyl i'r pedwar ohonon ni rannu hwnnw.

TISIO PETH?

Roedd Mam wedi rhoi £30 i mi ei wario ar y gwylia, ac mi wnes i wastraffu ugain punt ar un stondin ffair.

Ro'n i'n trio ennill tegan siani flewog anferth, ond dwi'n meddwl eu bod nhw wedi trefnu'r gêm fel nad oes modd i neb ennill.

Gwyliodd Roli fi'n colli ugain punt, ac wedyn mi ofynnodd i'w dad i brynu yr UNION siani flewog fawr yn y siop drws nesa. Ond y peth gwaetha ydy mai dim ond deg punt gostiodd hi.

Dwi'n meddwl bod Mr Jefferson wedi gwneud clamp o gamgymeriad. Rŵan, mae Rolî'n teimlo fel petai o'n enillydd er nad ydy o wedi ennill dim byd.

Mi ges i brofiad digon tebyg fy hun. Pan o'n i yn y tîm nofio llynedd, mi ges i fy ngwahodd i gala nofio arbennig un dydd Sul.

Pan gyrhaeddais i, mi wnes i sylweddoli'n syth nad oedd y nofwyr CRYFAF yno. Dim ond y plant hynny nad oedd erioed wedi ennill ras o'r blaen.

Ar y dechra ro'n i wrth fy modd, achos ro'n i'n meddwl y basa gen i gyfle i ENNILL am unwaith.

Ond ches i ddim llwyddiant chwaith. Fy ras i oedd y 100 metr dull rhydd, ond doedd gen i ddim digon o nerth felly bu'n rhaid i mi GERDDED hyd olaf y ras.

Ond ches i ddim fy ngwahardd gan y beirniaid. Ac ar derfyn y gala mi ges i ruban am-ddod-yn-gynta gan fy rhieni.

Ond mewn gwirionedd, roedd PAWB yn cael rhuban am-ddod-yn-gynta, hyd yn oed Macsen Rees, a lwyddodd i nofio i'r cyfeiriad anghywir yn ystod ei ras dull cefn.

Pan gyrhaeddais i adra, ro'n i wedi drysu. Ond wedyn, pan welodd Rodric fy rhuban pencampwr, mi esboniodd y syniad tu ôl i'r holl beth.

Esboniodd Rodric mai twyll oedd y gala, twyll gan rieni er mwyn gwneud i'w plant nhw deimlo fel pencampwyr.

Mae'n siŵr fod y rhieni'n meddwl eu bod nhw'n gwneud cymwynas â'u plant drwy drefnu'r gala, ond, na, achosi problemau maen nhw yn y pen draw.

Pan o'n i'n arfer chwarae Rygbi Cyffwrdd roedd pawb yn dathlu pan ro'n i'n cyffwrdd yr aelod o'r tîm arall oedd yn cario'r bêl. Yn a'r flwyddyn ganlynol, wrth chwarae rygbi go iawn, roedd pawb yn bytheirio pan o'n i'n cyffwrdd â chwaraewr a disgwyl iddo orfod pasio'r bêl yn syth yn lle'i daclo.

Y cwbl dduda i ydy hyn, os ydy rhieni Roli am neud iddo fo deimlo'n falch o bob dim mae o'n ei neud, bydd rhaid iddyn nhw neud hynny drwy gydol i fywyd o, nid dim ond tra mae o'n blentyn.

Ar ôl helynt y siani flewog, mi gerddon ni 'nôl a 'mlaen ar hyd y pier gan ddisgwyl i'r ciw leihau i ni gael mynd ar y Pendonciwr. Dyna pryd y gwelais i rwbath wnaeth dynnu fy sylw'n llwyr.

Y ferch honno oedd yn y llun ar fwclis llunia Rodric. Ond y peth ydy: doedd hi ddim yn berson go iawn. Hogan wedi'i thorri allan o GARDFWRDD oedd hi.

Dwi'n teimlo fel ffŵl am gredu ei bod hi'n hogan go iawn. Wedyn ges i'r syniad o brynu mwclis llunia efo llun yr hogan arno i mi fy HUN er mwyn creu argraff ar hogia'r ysgol. Falla y gallwn wneud pres drwy godi ffi arnyn nhw i gael sbec ar y llun.

Mi dalais i £5 a sefyll yn ymyl yr hogan gardfwrdd i gael tynnu fy llun. Yn anffodus, stwffiodd teulu Roli i gyd i'r llun EFO fi, felly mae'r mwclis lluniau'n gwbl ddiwerth rŵan.

Ro'n i'n gandryll, ond buan yr anghofiais i am hynny pan sylweddolais i fod y ciw ar gyfer y Pendonciwr wedi lleihau cryn dipyn. Rhedais i draw a defnyddio fy mhum punt olaf i dalu am docyn.

Ro'n i'n meddwl bod Roli yn dynn wrth fy sodlau i, ond roedd o'n cadw'i bellter. Mae'n rhaid bod ganddo fo ormod o ofn mynd ar y reid.

Ro'n inna'n dechra cael traed oer, ond roedd hi'n rhy hwyr. Ar ôl i weithiwr y reid fy strapio yn fy sedd, clodd y cawell ac ro'n i'n gwybod nad oedd dim troi 'nôl i fod.

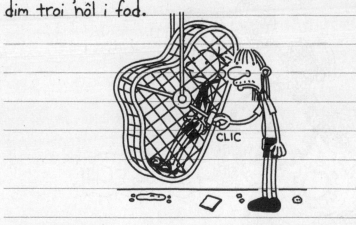

Wel, dwi'n difaru na faswn i wedi treulio mwy o amser yn gwylio beth oedd yn DIGWYDD i berson yn ystod y reid, achos faswn i byth wedi mynd ar y reid wedyn.

Mae'n dy droi di ben i waered dros filiwn o weithiau ac yna'n dy daflu di tua'r ddaear nes bod dy wyneb di tua chwe modfedd o'r llawr. Yna mae o'n dy daflu di 'nôl i'r awyr wrth droelli.

Ac mae'r cawell rwyt ti ynddo fo'n gwichian drwy'r amser, a'r bolltau i gyd yn edrych fel petaen nhw am ddod yn rhydd. Mi waeddais i droeon arnyn nhw i stopio'r reid ond allai neb fy nghlywed i dros sŵn y gerddoriaeth roc trwm oedd yn cael ei chwara'n uchel.

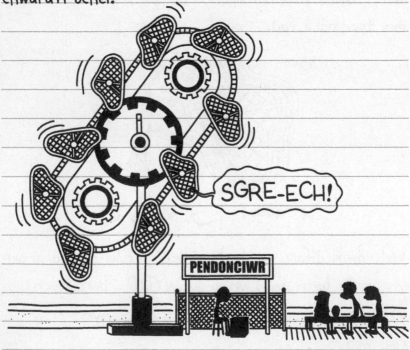

Ro'n i'n swp sâl ar ddiwedd y reid. Dwi erioed wedi teimlo mor sâl, hyd yn oed pan fu'n rhaid i mi fynd i nôl Mani o'r stafell cawodydd ym mhwll nofio'r dre. Os mai dyna beth mae "bod yn ddyn" yn ei olygu, yna dwi ddim yn barod eto.

Pan ddaeth diwedd y reid, allwn i ddim cerdded, bron. Felly mi eisteddais i ar fainc er mwyn disgwyl i'r pier roi'r gora i droelli.

Mi fues i'n eistedd yno am amser hir, yn trio 'ngora i beidio â chwydu tra oedd Roli'n mwynhau ei hun ar reidiau arafach.

Ar ôl i Roli orffen ar y reidiau plant, aeth ei dad ag o i'r siop a phrynu balŵn a chrys-T iddo fo.

Hanner awr yn ddiweddarach ro'n i'n barod i drio codi ar fy nhraed a cherdded 'chydig. Ond pan godais i mi ddudodd Mr Jefferson ei bod hi'n amser i ni adael.

Gofynnais iddo fo am gael chwara 'chydig o gêmau yn yr arcêd, ac mi gytunodd, er 'mod i'n gallu deud nad oedd o'n fodlon.

Ro'n i wedi gwario'r holl bres roedd Mam wedi'i roi i mi, felly mi ddudis i wrth Mr Jefferson y basa ugain punt yn hen ddigon i mi. Ond y cwbl roedd o'n fodlon ei roi i mi oedd pum punt.

Dw'in meddwl bod gormod o sŵn yn yr arcêd i Mr a
Mrs Jefferson achos doeddan nhw ddim isio dod i
mewn. Ar ôl i ni addo eu cyfarfod nhw y tu allan
i'r arcêd mewn deg munud, aethon ni i mewn ar ein
pen ein hunain.

Es i'n syth i gefn yr arcêd at y gêm Taran Wyllt.
Gwariais i tua hanner can punt ar y gêm yna
llynedd, a fi oedd â'r sgôr ucha. Ro'n i isio i Roli
weld f'enw i ar frig y rhestr er mwyn iddo weld
sut brofiad oedd ennill rhwbath go iawn heb i
rywun ei roi o i ti ar blât.

Wel, fy enw i oedd ar frig y rhestr o hyd, ond roedd hi'n amlwg fod y person oedd âr AIL sgôr ucha yn genfigennus o fy llwyddiant i.

```
        SGORIAU UCHAF
   1.  GREG HEFFLEY.............. 25320
   2.  SYDD YN FFÛL.............. 25310
   3.  PEN RWDAN 71............. 24200
   4.  BYRBWYLL...................... 22100
   5.  BENFRAN....................... 21500
   6.  GARI'R GATH............... 21250
   7.  SAMI SBARDUN............ 21200
   8.  JEIFIN........................... 20300
   9.  CRACA HYLL................. 20100
   10. NOWANED ...................... 19250
```

Mi dynnais i'r plwg allan o'r wal er mwyn trio dileu'r sgoriau ucha, ond maen nhw yng nghof y peiriant yn barhaol.

Ro'n i ar fin mynd i wario fy mhres ar gêm arall pan gofiais i am dric roedd Rodric wedi'i ddysgu i mi, tric oedd yn golygu y basa'r papur pum punt yn para'n hirach.

Es i a Roli allan o'r arcêd i gerdded o dan y llwybr pren. Wedyn mi stwffiais i'r papur pum punt rhwng y planciau ac aros yn amyneddgar am ein cwsmer cynta.

O fewn dim o dro mi wnaeth hogyn yn ei arddegau sylwi ar y pres.

Pan blygodd o i afael yn y pres, mi gipiais i'r papur pum punt 'nôl drwy'r hollt ar yr eiliad olaf.

Chwara teg, roedd Rodric yn iawn - roedd o'n lot o hwyl.

Roedd yr hogia y chwaraeon ni'r tric arnyn nhw'n gandryll, ac mi redon nhw ar ein holau ni. Mi redais i a Roli nerth ein traed bach, nes ein bod ni'n siŵr ein bod ni wedi'u colli nhw.

Ond do'n i DDIM yn teimlo'n saff. Felly mi ofynnais i i Roli ddangos symudiadau karate i mi er mwyn llorio'r hogia tasan ni'n cael ein dal.

Ond deudodd Roli na fyddai'n iawn i hogyn â gwregys aur fel fo ddysgu symudiadau i rywun "dibrofiad".

Mi guddion ni am 'chydig yn hirach, ond welson ni mo'r hogia o gwbl, felly dyma ni'n mentro dod i'r golwg. Mi welson ni ein bod ni'n sefyll o dan Pentre'r Plantos, felly roedd 'na lwyth o blant uwch ein pennau ni i chwarae tric y papur pum punt arnyn nhw. Roedd ymateb y plant bach yn LLAWER mwy doniol nag ymateb yr hogia mawr 'na.

Ond roedd un boi bach yn gyflym iawn, ac mi gipiodd y papur pum punt cyn i mi gael cyfle i fod yn barod. Felly roedd yn rhaid i fi a Roli ddringo i fyny i'r llwybr pren er mwyn cael y pres yn ôl.

Ond doedd 'na ddim troi ar yr boi bach. Mi driais i esbonio nad oedd hawl gan unrhyw un i gymryd eiddo personol rhywun arall, ond doedd o ddim yn gwrando O GWBL.

Ro'n i'n dechra colli amynedd efo'r boi bach pan ddaeth rhieni Roli o rwla. Ro'n i'n reit falch o'u gweld nhw a deud y gwir, achos os oedd 'na RYWUN fasa'n gallu cnocio sens i ben y boi bach, Mr Jefferson oedd hwnnw.

Ond roedd Mr Jefferson yn GANDRYLL.
Roedd o a Mrs Jefferson wedi bod yn chwilio
amdanon ni ers awr ac roeddan nhw ar fin
ffonio'r heddlu i ddeud ein bod ni ar goll.

Yna mi roddodd o orchymyn i ni fynd i'r car. Ond
ar y ffordd i'r car mi basion ni heibio'r arcêd.
Gofynnais i Mr Jefferson fasan ni'n cael un bunt
arall ganddo fo gan na chawson ni gyfle i wario'r
pres gawson ni ganddo fo cynt.

Ond mae'n rhaid 'mod i wedi gofyn y peth
anghywir achos mi gerddodd o 'nôl at y car heb
yngan 'run gair wrthon ni.

Pan gyrhaeddon ni'r caban, mi anfonodd Mr Jefferson ni i'r gwely'n syth. Doedd hynny ddim yn deg, achos doedd hi ddim hyd yn oed yn 8 o'r gloch eto ac roedd hi'n dal yn olau tu allan.

Ond roedd Mr Jefferson yn mynnu bod rhaid i ni fynd i'r gwely a'i fod o ddim isio clywed smic o sŵn gan 'run ohonon ni tan y bora. Roedd Roli wedi pwdu. Dwi'm yn meddwl ei fod o erioed wedi cael row gan ei dad o'r blaen.

Mi benderfynais i fod angen codi'i ysbryd o. Felly mi lusgais i fy nhraed ar hyd y carped am 'chydig ac wedyn rhoi sioc statig i Roli fel jôc.

Mi weithiodd hynny ac ymunodd Roli yn yr hwyl. Cerddodd mewn cylch ar y carped am tua phum munud gan lusgo'i draed, ac wedyn mi dalodd o'r pwyth yn ôl i mi tra o'n i'n brwsio 'nannedd.

Do'n i ddim yn mynd i adael i Roli gael y llaw ucha, felly pan oedd o yn ei wely, mi ges i afael ar fand lastig, ei dynnu 'nôl a'i ollwng yn sydyn.

Os gwna i hyn eto, dwim yn meddwl y gwna i dynnu mor galed ar y lastig y tro nesa.

Pan welodd Roli'r marc coch ar ei fraich mi roddodd sgrech, ac ro'n i'n gwybod mai dim ond chydig eiliadau fasa hi'n gymryd i'w rieni ddod i fyny'r grisia aton ni.

Mi wnes i drio esbonio mai marc band lastig oedd y marc ar fraich Roli, ond doedd dim gwahaniaeth gan rieni Roli beth achosodd y marc.

Mi ffonion nhw fy rhieni, ac ymhen dwy awr roedd Dad wedi cyrraedd i fynd â fi adra.

Dydd Llun

Roedd Dad yn wyllt gacwn am ei fod wedi gorfod dreifio am bedair awr neithiwr. Ond doedd Mam ddim wedi gwylltio o gwbl. "Chwarae'n troi'n chwerw" oedd y cyfan, medda hi, ac roedd hi'n falch 'mod i a Rolin "fêts" eto.

Ond mae Dad yn dal i wgu, ac mae petha'n oeraidd rhyngon ni'n dau ers cyrraedd 'nôl. Mae Mam wedi bod yn trio awgrymu y dylan ni neud rwbath fel mynd i'r sinema efo'n gilydd er mwyn "cymodi", ond dwi'n meddwl ei bod hi'n saffach i mi gadw o ffordd Dad ar hyn o bryd.

Dwi'n meddwl bod croen tin Dad yn mynd i aros
ar ei dalcen o, a dwi'm yn meddwl mai fi sy'n gyfan
gwbl ar fai. Pan agorais i'r papur newydd heddiw,
dyma be welais i yn yr adran Celfyddydau —

Celfyddydau

Hir oes i gartŵn poblogaidd

*"Ciwti Fach" am barhau dan ofal
mab y cartwnydd gwreiddiol*

Ar ôl tro pedol anhygoel, bydd Tyler
Post, mab Bob Post, sef cartwnydd
"Ciwti Fach", yn parhau â stribed
poblogaidd ei dad.

"Doedd gen i ddim swydd go iawn na
chynlluniau, felly un diwrnod dyma fi'n
meddwl, 'pa mor anodd gall o fod?' "
meddai Tyler sy'n 32, ac yn byw gyda'i
dad. Y gred yw bod cymeriad Ciwti
Fach wedi'i seilio ar Tyler.

Gweler **CIWTI**, tudalen 2

Tyler Post yw awdur newydd y comic "Ciwti Fach".
Bydd ei waith cynta i'w weld wythnos i ddydd Sul.

*Hefyd: trigolion Hafod Hamdden
yn dathlu, tudalen 3*

Neithiwr daeth Dad i fy stafell wely am sgwrs
efo fi, a dyna'r tro cynta i ni siarad ers tridiau.
Roedd o isio gwneud yn siŵr 'mod i ar gael ddydd
Sul, ac mi ddudis i 'mod i.

Yn ddiweddarach mi glywais i o'n siarad yn
gyfrinachol efo rhywun ar y ffôn.

IA ... AC MI ADAWA I DDIGON O FWYD A DIOD I BARA WYTHNOS IDDO FO.

Ar ôl hynny mi holais i Dad a oedd o'n bwriadu mynd â fi i rwla arbennig ddydd Sul, ond mi ddechreuodd o wingo'n anghyfforddus. Gwadu wnaeth o, ond doedd o ddim yn gallu edrych i fyw fy llygaid i.

Ro'n i'n gwbod nad oedd Dad yn deud y gwir wrtha i, felly mi ddechreuais i boeni. Roedd Dad wedi bod yn barod i f'anfon i ysgol filwrol unwaith o'r blaen, felly mae unrhyw beth yn bosib.

Doedd gen i ddim clem be i'w neud, felly mi ddudis i wrth Rodric beth oedd yn fy mhoeni a gofyn iddo a oedd ganddo fo unrhyw syniad beth oedd gan Dad ar y gweill. Mi ddudodd ei fod o angen amser i feddwl ac, ar ôl cyfnod o grafu pen, mi ddaeth o i fy stafell i a chau'r drws ar ei ôl.

Roedd Rodric yn meddwl bod Dad mor gynddeiriog ynglŷn â be ddigwyddodd efo Roli fel ei fod o isio cael gwared arna i.

Do'n i ddim yn siŵr ddylwn i ei gredu o ai peidio, achos fedri di ddim rhoi dy holl ffydd yn Rodric. Ond mi ddudodd Rodric wrtha i mai'r unig ffordd i ddod o hyd i'r ateb oedd drwy edrych yn nyddiadur Dad. Felly mi es i mewn i stydi Dad ac edrych ar ddyddiad dydd Sul yn y dyddiadur, a dyma be welais i —

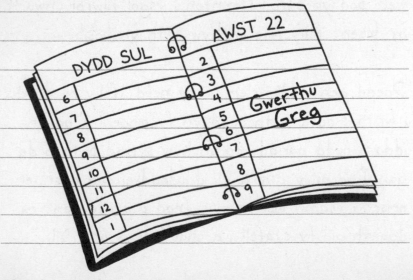

Dwi'n siŵr mai tynnu 'nghoes i roedd o, achos roedd y llawysgrifen yn edrych yn debyg iawn i un Rodric ei hun. Ond does neb byth yn gallu dyfalu be fydd Dad yn ei wneud nesa, felly bydd yn rhaid i mi ddisgwyl tan ddydd Sul i gael gweld.

Dydd Sul
Y newyddion da ydy na whaeth Dad fy ngwerthu i na mynd â fi i gartra plant. Y newyddion drwg ydy, ar ôl heddiw, mae'n bosib y gwneith o.

10 o'r gloch bora 'ma, dudodd Dad ei fod o isio mynd â fi am dro i'r dre. Pan ofynnais i "pam?", mi ddudodd o mai "syrpréis" oedd o.

IAS OER

Ar y ffordd i'r dre mi stopion ni i gael petrol. Roedd Dad wedi gadael map a chyfarwyddiadau sut i gyrraedd ar y dashfwrdd, felly ro'n i'n gwybod i le roeddan ni'n mynd: 120 Stryd y Bae.

Wel, ro'n i mewn perygl, felly am y tro cynta mi ddefnyddiais i fy Muwch Goch Gota.

Ro'n i newydd orffen yr alwad pan ddaeth Dad yn ôl i'r car, ac yna mi anelon ni am ganol y dre. Taswn i ond wedi treulio 'chydig mwy o amser yn stydio'r map, mi faswn i wedi sylweddoli ein bod ni'n dau ar ein ffordd i weld gêm griced. Pan barcion ni'r car ar Stryd y Bae, roedd hi eisoes yn rhy hwyr.

Roedd Mam wedi prynu tocynnau i'r gêm griced er mwyn i ni'n gael bondio fel tad a mab, ac roedd Dad wedi mynd i'r ymdrech o gadw'r holl beth yn syrpréis.

Mi gafodd Dad strach wrth drio esbonio hynny
i'r heddweision. Ar ôl iddyn nhw weld mai
camddealltwriaeth oedd y cyfan, doedd gan Dad ddim
awydd gwylio'r gêm, felly mi aethon ni'n syth adra.

Ro'n i'n teimlo'n euog achos roedd y seddi roedd
Mam wedi'u cael i ni siŵr o fod wedi costio
ffortiwn.

Dydd Mawrth

Heddiw mi wnes i ddarganfod beth oedd yr alwad ffôn honno wnaeth Dad y diwrnod o'r blaen. Sgwrs efo Nain oedd hi, ac am Calon roeddan nhw'n siarad, nid amdana i.

Mae Mam a Dad wedi penderfynu rhoi'r ci yn bresant i Nain, ac mi aeth Dad â Calon yno nos Sul. A bod yn onest, dwi'm yn meddwl y bydd fawr o neb yn gweld ei golli fo yn y tŷ 'ma.

Dwi a Dad ddim wedi siarad efo'n gilydd ers hynny, a dwi wedi bod yn chwilio am unrhyw esgus i gadw draw o'r tŷ. Mi ddois i o hyd i'r esgus perffaith ddoe. Mi welais i hysbyseb teledu ar gyfer siop Wyt Ti'n Gêm, lle dwi'n prynu fy ngêmau cyfrifiadur i gyd.

Mae 'na gystadleuaeth chwarae gêmau ym mhob cangen leol o'r siop, ac os mai ti sy'n ennill rwyt ti'n mynd 'mlaen i'r rownd genedlaethol. Ac os enilli di'n FANNO, byddi di'n ennill miliwn o bunnau.

Mae'r gystadleuaeth leol yn cael ei chynnal ddydd Sadwrn. Dwi'n siŵr y bydd 'na doman o bobl yno'n cystadlu, felly dwi am fynd yna'n ddigon buan i gael bod ar flaen y ciw.

Tric Rodric ydy hwnna. Pan fydd o isio cael tocynnau ar gyfer cyngerdd, mae o'n cysgu ar y stryd y noson cynt. A deud y gwir, dyna lle whaeth o gyfarfod â Wil, prif leisydd y band.

Mae Roli a'i dad yn mynd i wersylla yn aml, felly ro'n i'n gwybod lle i gael gafael ar babell. Ffoniais i Roli i sôn am y gystadleuaeth gêmau fideo a bod posib ennill miliwn o bunna.

Ond roedd Roli'n swnio'n nerfus ar y ffôn. Falla ei fod o'n meddwl bod gen i bwerau trydanol neu rwbath, a'r unig ffordd i'w gael o i gallio oedd drwy addo na faswn i'n eu defnyddio nhw arno eto.

Hyd yn oed ar ôl i fi addo, doedd o ddim yn hapus i gysgu mewn pabell efo fi. Yn y diwedd, mi wnaeth o ddeud bod ei fam a'i dad wedi'i wahardd o rhag fy ngweld i am weddill gwylia'r ha'.

Ro'n i wedi rhyw ddisgwyl hynny, ac roedd gen i gynllun yn barod. Mi ddudis i wrth Roli y baswn i'n deud wrth fy rhieni 'mod i'n aros dros nos efo fo, ac iddo fo ddeud wrth ei rieni ei fod yn aros efo Colin.

Roedd Roli'n DAL yn ansicr, felly mi wnes i addo y baswn i'n prynu bag o fferins yn arbennig iddo fo tasa fo'n dod efo fi, ac mi gytunodd.

Dydd Sadwrn
Neithiwr mi wnes i a Roli gyfarfod ym mhen y stryd am 9 o'r gloch. Roedd Roli wedi dod â'i holl offer gwersylla a'i sach gysgu, ac ro'n i wedi dod â fflachlamp a bariau o siocled.

Do'n i ddim wedi cael cyfle i brynu fferins i Roli fel ro'n i wedi addo, ond mi wnes i addo y baswn i'n prynu peth y cyfle cynta gawn i.

Fedrwn i ddim credu fy lwc - doedd 'na neb y tu allan i siop Wyt Ti'n Gêm pan gyrhaeddon ni.

Felly mi godon ni'n pabell o flaen drws ffrynt y siop cyn i rywun arall feddwl am ddwyn ein lle ni.

Wedyn mi fuon ni'n cadw llygad ar y drws rhag ofn i rywun drio neidio'r ciw o'n blaenau ni.

Y ffordd ora i gadw'n lle yn y ciw oedd drwy gadw amserlen gysgu. Mi wnes i hyd yn oed gynnig cadw'n effro drwy'r shifft gynta er mwyn i Roli gael cysgu, gan 'mod i'n ffrind mor dda.

Pan ddaeth fy shifft i i ben, tro Roli oedd hi i fod ar ddi-hun, ond roedd o wedi syrthio 'nôl i gysgu mewn llai na phum eiliad. Cafodd o ei ysgwyd gen i a'i siarsio i gadw'n effro.

Doedd gan Roli ddim diddordeb beth bynnag.

Felly, fy nghyfrifoldeb i oedd gofalu nad oedd neb yn cael neidio'r ciw o'n blaenau ni, ac mi arhosais i'n effro drwy'r nos. Erbyn 9 o'r gloch y bora ro'n i'n dechra cael trafferth cadw fy llygaid ar agor, ac mi fwytais i'r bariau siocled er mwyn cael nerth.

Roedd 'na siocled dros fy nwylo i gyd, a rhoddodd hynny syniad yn fy mhen i. Agorais sip y babell, rhoi fy llaw i mewn a gwneud iddi gropian fel pry copyn.

Basa hi'n hwyl gweld Rolin dychryn wrth feddwl
ei fod o'n gweld y llaw fwdlyd. Do'n i ddim yn
gallu clywed unrhyw sŵn yn dod o'r babell, felly
feddyliais i fod Rolin dal i gysgu. Ond cyn i mi
gael cyfle i roi fy mhen i mewn i edrych, mi
gafodd fy llaw ei cholbio'n ddidrugaredd.

Mi dynnais i fy llaw allan o'r babell, ac roedd fy
mawd i'n biws yn barod.

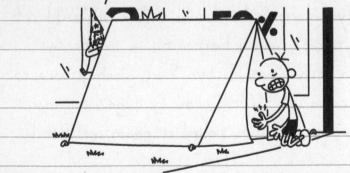

Ro'n i'n gandryll efo Roli. Nid am ei fod o wedi
colbio fy llaw i, ond am ei fod o'n credu y basa
hynny wedi rhwystro'r llaw fwdlyd.

Mae unrhyw ffŵl yn gwybod mai dim ond tân neu asid all roi stop ar y llaw fwdlyd. Y cwbl fasa ei golbio efo morthwyl pren yn ei wneud fasa ei gwylltio hi.

Ro'n i ar fin rhoi pryd o dafod i Roli pan ddaeth un o weithwyr y siop Wyt Ti'n Gêm i agor y drws. Mi driais i 'ngora i anwybyddu'r boen yn fy mawd i a chanolbwyntio ar y rheswm pam oeddan ni yno yn y lle cynta.

Roedd dyn y siop isio gwybod pam ein bod ni'n cysgu mewn pabell y tu allan i'r drws ffrynt, felly mi ddudis i wrtho fo ein bod ni yno i gystadlu yn yr ornest gêmau fideo. Ond doedd ganddo fo ddim clem am be ro'n i'n siarad.

Felly mi ddangosais i'r poster oedd yn y ffenest iddo fo.

Deudodd y dyn nad oedd digon o le yn y siop i gynnal cystadleuaeth ond, gan mai dim ond ni'n dau oedd yno, mi gawson ni chwarae yn erbyn ein gilydd yng nghefn y siop.

Do'n i ddim yn hapus ar y dechra, ond wedyn mi sylweddolais i mai'r cwbl roedd yn rhaid i mi ei wneud oedd curo Roli. Felly, trefnodd y gweithiwr ornest Dewin Dieflig rhwng y ddau ohonon ni. Bron nad oedd gen i biti dros Roli, achos mi ydw i'n arbenigwr ar y gêm. Ond, pan ddechreuon ni chwarae, buan iawn y sylweddolais i 'mod i'n methu defnyddio fy mawd i bwyso'r botymau.

Y cwbl y gallwn i ei neud oedd rhedeg mewn cylchoedd tra oedd Roli yn fy saethu i dro ar ôl tro ar ôl tro.

Mi ges i fy nghuro gan Roli o 15 i 0. Mi ddudodd y gweithiwr wrth Roli mai fo oedd yr enillydd a bod ganddo ddewis: llenwi'r ffurflenni er mwyn cael cystadlu yn y twrnament cenedlaethol, neu gael bocs anferth o fferins.

A dwi'n siŵr y galli di ddyfalu pa un ddewisodd Roli.

Dydd Sul

Mi fasa hi wedi bod yn well taswn i 'di cadw at fy nghynllun gwreiddiol ac wedi aros yn y tŷ drwy'r ha', achos yr eiliad y rhois i 'nhroed dros drothwy'r drws, dyna pryd dechreuodd yr holl helynt.

Dwi ddim wedi gweld Roli ers iddo fo fy nghuro yn y gystadleuaeth gêmau cyfrifiadur, a dydy Dad ddim wedi siarad efo fi ers iddo fo bron â chael ei arestio.

Ond dwi'n meddwl bod gobaith i fi a Dad. Wyt ti'n cofio'r erthygl honno yn sôn sut roedd "Ciwti Fach" yn cael ei phasio o dad i'w fab?

Wel, mi gafodd y cartŵn cynta ei gyhoeddi yn y papur newydd heddiw, ac mae'n bur debyg y bydd y "Ciwti Fach" newydd hyd yn oed yn waeth na'r hen un.

Dadi, pam fod
GLASwellt yn wyrdd?

Mi ddangosais i o i Dad, ac roedd o'n cytuno.

A dyna pryd y sylweddolais i y byddwn ni'n dau'n ffrindiau. Falla nad ydw i a Dad yn cytuno ar bopeth, ond o leiaf rydan ni'n gytûn am y petha mwya pwysig.

Mae'n siŵr y basa rhai'n dadlau bod rhannu casineb tuag at gartŵn yn sylfaen go simsan i gyfeillgarwch, ond y gwir ydi 'mod i a Dad yn casáu llawer o'r un petha â'n gilydd.

Falla nad oes ganddon ni berthynas agos tad-a-mab, ond does dim gwahaniaeth am hynny. Dwi wedi dod i ddysgu bod y fath beth yn bodoli â pherthynas RHY agos.

Pnawn 'ma mi sylweddolais i pa mor agos ydy diwedd yr ha' wrth weld yr albwm lluniau mae Mam wedi'i gwblhau. Mi ffliciais i drwyddo ac, i fod yn onest, dydi o ddim yn gofnod cywir o'r hyn ddigwyddodd go iawn dros y gwylia. Ond y sawl sy'n tynnu'r lluniau ydy'r un sydd â'r hawl i adrodd y stori, am wn i.

"Yr Haf Gorau Erioed!"

DA 'DI DARLLEN

Dyma griw "Da 'Di Darllen" yn rhoi heibio eu gêmau cyfrifiadur.

Mae Greg wedi cael blas mawr ar ddarllen!

GWIWER-FACHGEN YN BYW MEWN PARC LLEOL

Greg yn chwarae gêm o guddio efo ffrind.

Sblish, Sblash!
Greg yn cael hwyl yn
y pwll nofio.

Wps! Mam yn dod
i ddeall y camera
newydd.

Greg yn bod yn "cŵl"
efo un o'r achubwyr
bywyd.

Ffrindiau gorau!

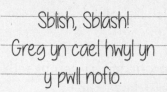

DIOLCHIADAU

Diolch i holl gefnogwyr cyfres Dripsyn am fy annog a'm symbylu i ysgrifennu'r straeon. Diolch i'r holl lyfrwerthwyr hefyd am roi'r llyfrau yn nwylo plant.

Diolch i aelodau'r teulu am yr holl brofiadau a'r gefnogaeth. Mae wedi bod yn hwyl rhannu'r profiadau â chi.

Diolch i bobl wych Abrams am weithio mor galed i sicrhau fod y llyfr yma'n dod i fwcl. Diolch yn arbennig i Charlie Kochman, fy ngolygydd; Jason Wells, fy swyddog cyhoeddusrwydd; a Scott Auerbach, rheolwr-golygyddol rhyfeddol.

Diolch i bawb yn Hollywood am weithio mor galed i ddod â Greg Heffley yn fyw, yn enwedig Nina, Brad, Carla, Riley, Elizabeth a Thor. A diolch i chi, Sylvie a Keith, am eich cymorth a'ch arweiniad.

MWY AM YR AWDUR

Mae Jeff Kinney yn ddatblygwr a dylunydd gêmau ar-lein. Mae ei lyfrau'n rhif 1 ar restr gwerthwyr gorau y *New York Times* ac enwyd ef ymysg 100 Person Mwyaf Dylanwadol y Byd yng nghylchgrawn *Time*. Fe'i magwyd yn ardal Washington D. C. a symudodd i New England yn 1995. Mae'n byw yn ne Massachusetts gyda'i wraig a'u dau o feibion.